La Volonté de vouloir

Vladimir Jankélévitch

Le Je-ne-sais-quoi
et le Presque-rien

3

LA VOLONTÉ DE VOULOIR

Éditions du Seuil

Les trois volumes qui constituent cet ouvrage
ont été édités aux Éditions du Seuil
sous la direction de Jean-Pierre Barou.

ISBN 2-02-005798-0 (ÉD. COMPLÈTE).
ISBN 2-02-009111-4 (VOL. 3).

(ISBN 1re publication : 2-02-005392-6, éd. complète ;
2-02-005391-X, vol. 3.)

à Robert Maggiori

L'auteur a publié en 1957, aux Presses universitaires, un volume intitulé le Je-ne-sais-quoi et le Presque-rien.
Les éditions du Seuil reprennent aujourd'hui ce titre avec un ouvrage en trois volumes, dont le deuxième est presque entièrement inédit. Les volumes 1 et 3 ont été profondément remaniés.

Sommaire

CHAPITRE I

La Liberté et l'équivoque

De toutes les formes du Presque-rien, il n'en est pas de plus méconnaissable, de plus propice au malentendu que la liberté, et il n'en est donc pas de plus déroutante, sinon pour l'esprit de finesse et d'entre-vision, du moins pour l'esprit de géométrie; sinon pour Anima, du moins pour Animus. Schelling, au début de ses *Recherches philosophiques sur l'essence de la liberté*, prend assez à la légère l'objection d'après laquelle la liberté, étant asystématique par essence, ne se pourrait saisir, comme dit Platon, que par raisonnement bâtard : mais si l'amphibolie est toute la nature de la liberté, l'objection ne tourne-t-elle pas en argument ? Sa paradoxologie, qui lui est commune avec le mouvement et la vie, cesse de la réfuter quand elle est professée en elle-même. La liberté vérifie en effet, non pas l'évidence univoque de Descartes, mais plutôt l'évidence équivoque de Pascal, celle qui est évidence simultanée des contraires. Une assertion simple sur la liberté n'est jamais qu'un moment dans la dialectique oscillante qui alternativement nous renvoie du Contre au Pour, puis du Pour au Contre : en sorte que tout le monde a successivement raison dans ce jeu de bascule infini. N'est-ce pas ce jeu de bascule lui-même qui est la liberté ?

1. Le renversement du Contre au Pour. — *Le Contre*. La liberté ne se prouve pas plus que la vie; et comme tout ce qui est observé ou conclu plaide pour le mécanisme et pour la théorie physico-chimique, ainsi tout le positif de nos actes volontaires démontre le déterminisme. « C'est toujours le déterminisme qui paraît avoir rai-

son[1]. » Aussi y a-t-il quelque machiavélisme dans le zèle compromettant et indiscret des indéterministes; Bergson a déjoué avec une intrépide et inégalable clairvoyance le sophisme apodictique qui prétend prouver la liberté comme une certaine propriété assignable de l'acte parce qu'il s'attend ainsi à ne pas la trouver et parce que c'est en somme le but recherché. Plutôt le déterminisme qu'une liberté si mal défendue! Démontrer l'indémontrable, n'est-ce pas le réfuter ? A tout moment je me découvre serf et déterminé, comme en chaque point le mouvement se résout en stations et le bon mouvement en petits calculs d'intérêt... Si la liberté est un effet d'ensemble, le détail des motifs et mobiles, lui, donnera toujours raison aux Zénon d'Élée de la défiance rationnelle et aux La Rochefoucauld du soupçon; aux immobilistes et aux misanthropes. Libre en gros, de haut et de loin, l'acte gratuit s'avère déterminé quand on y regarde de plus près, ou mesquinement égoïste en chacun de ses moments. Personne n'agit, dit Leibniz[2], « sans rime ni raison », et l'absence de raison est encore une raison, le plaisir d'agir sans raison étant lui-même une raison d'agir; ou, comme le dit encore Leibniz dans une lettre publiée par Gaston Grua : nous voulons ce que nous trouvons bon d'après notre goût, fût-ce par caprice ou esprit de contrariété, fût-ce pour prouver notre liberté. Le *Gorgias* et le *Ménon* exprimaient ce truisme dans le style et l'humeur de l'optimisme en disant que vouloir, c'est par définition même vouloir le bien; que le bien est par définition chose voulue et que la volonté, captive d'une fatalité de bienveillance, est constamment aimantée par la causalité finale du Meilleur. L'homme heureux n'est heureux qu'en gros et de loin, et à la seule condition d'effleurer, de glisser et de ne jamais insister : il devient soucieux dès qu'il approfondit son bonheur; et, tout de même, celui qui croit choisir « sans raison » découvre des motifs de sa préférence pour peu qu'il l'analyse; liberté et optimisme, ils sont tous deux effet de masse et d'approximation; en somme, la lucidité analytique et la minutieuse précision sont toujours du côté du déterminisme, la liberté n'étant jamais qu'un vœu, une protestation sentimentale, une illusion de notre incorrigible chimérisme.

1. Henri Bergson, *La Pensée et le Mouvant*, p. 33 (De la position des problèmes). Renouvier, *Psychologie rationnelle*, 1, p. 311-315.
2. 5e Écrit à M. Clarke, § 17. *Textes inédits*, II, p. 482 (Grua).

Cette disparité se vérifierait aussi dans l'ordre des jugements de valeur; l'aveugle colère et l'indignation passionnée traitent l'intention comme indivise, donc comme responsable; mais la minutie, elle, est généralement déterministe; l'indéterminisme peut paraître simpliste auprès d'une étiologie qui tient compte des antécédents, tenants et aboutissants et de toute la motivation complexe d'un acte; nuançant l'axiologie sommaire et sévère à laquelle le libre arbitre donne lieu, le déterminisme multiplie les motifs d'indulgence : les manières du Comment et les degrés du Combien rendent plus floue l'imputation, estompent la bifurcation vertigineuse du Bien et du Mal et nous soulagent d'une responsabilité dont ils distribuent la charge entre les motifs. Et c'est peu de dire que l'esprit de finesse déterministe multiplie jusque dans l'infinitésimal les circonstances atténuantes : car c'est le déterminisme en général qui est « circonstanciel ». Les modalités circonstancielles sont toujours atténuantes, et elles émoussent le tranchant du dualisme manichéen; mais l'intention, qui est liberté et quoddité, est toujours aggravante! Ainsi tout ce qui est pensable et assignable dans la liberté est déterminé, tout... hormis ce *fiat* impalpable, hormis ce je-ne-sais-quoi au nom duquel la folle volonté nie les déterminismes; ce je-ne-sais-quoi atmosphérique est le contraire d'une chose, et il n'y a précisément rien à en dire. Et ce n'est sans doute pas un hasard si le même mot « détermination », tout en excluant l'arbitraire de l'indifférence, désigne des existences dotées de marques caractérisables et entièrement particularisées dans leur forme.

Le Pour. Cependant l'évidence n° 2 — l'évidence non évidente — proteste contre l'évidence n° 1 et fait entendre ces « reproches intérieurs » qui sont comme la mauvaise conscience du déterminisme : car celle-ci a peut-être tort d'avoir trop raison comme celle-là a raison d'avoir tort. Si le déterminisme est le scrupule de l'indéterminisme, la liberté à son tour est le remords du déterminisme; tout comme l'évidence de la vitalité est le remords du mécanicisme. Dans les deux cas il y a une évidence négligée. Et voici d'abord le point de vue du sujet agissant : je fais ce que je fais, quoi que je fasse; ainsi l'exige le principe d'identité. Mais je *pourrais* faire *autrement!* Et la preuve en est que le spectateur témoin ne peut jamais prévoir mon choix avec certitude, il peut seulement l'anticiper en tâtonnant, à force d'approximations statistiques, grâce aux données disponibles de la caractérologie et de la sociologie, et toujours dans l'ordre du probable. Comment se fait-il qu'un acte déterminé ou explicable après coup soit toujours imprévisible avant le fait ? Pourquoi, s'agissant de l'homme et de l'histoire, la détermination ne se révèle-t-elle jamais quand on en aurait besoin ? Car, il faut en prendre son parti, ce sont surtout les prophéties rétrospectives [1] qui réussissent... Et, de même que la vie prend un sens par la rétroaction posthume de la mort, c'est-à-dire quand il est trop tard, de même que l'événement historique, si immotivé soit-il en apparence, trouve sa loi après coup, de même, quand l'éventualité sera devenue événement, une étiologie raisonnable s'offrira à en établir la nécessité; je ne sais pas encore, mais je devine *que* je vais avoir su. Dans cette antinomie tient toute l'ambiguïté du libre arbitre : il n'est jamais prouvé après coup que les choses auraient pu tourner autrement; mais il est également impossible de prouver qu'elles ne pouvaient pas être autrement : sinon, pourquoi ne les avait-on pas prévues ? De la même manière je ne puis jamais prouver rétrospectivement que, si je suis guéri, c'est grâce à ce remède, que je n'aurais pas guéri sans lui... Le sophisme de Diodore Kronos, c'est d'appliquer au futur soi-disant nécessaire le principe d'identité et du tiers exclu : les choses, quoi qu'il arrive, ne pouvaient être qu'ainsi, c'est-à-dire telles qu'elles ont été; quoi qu'il arrive, c'est ce qui devait advenir qui sera advenu; quoi qu'il arrive, c'est, par définition même, le motif le plus fort [2] qui aura prévalu. Certes, tout prouve le destin, et le pour et le contre, et l'argument et l'objection... Le nécessitaire, ayant toujours raison d'avance, gagne à tous les coups. Mais le dilemme qu'on a substitué à l'alternative n'est-il pas un grossier sophisme ? L'*argos logos*, qui réussit par la seule élimination du temps, n'est-il pas un truisme vulgaire ? Les Mégariques sont les spécialistes des vaticinations *a posteriori*, et ces vaticinations sont si verbales que Leibniz lui-même s'arrangeait pour combiner la prédestination avec l'activisme : la monade, quoi qu'elle entreprenne, accomplit sa définition, mais ceci n'est d'aucune conséquence pour la volonté, qui continue de franchir ou de ne pas franchir ses Rubicons sans tenir particulièrement compte de l'inclusion préétablie des attributs dans les sujets. L'accomplissement de la vocation

1. Bergson, *Les Deux Sources de la morale et de la religion*, p. 72.
2. Cf. Renouvier, *La Nouvelle Monadologie*, p. 138.

est tout entier donné dans la définition, sans aléa ni incertitude.

Telles sont donc les deux optiques contradictoires et indépendantes dont le sporadisme fait toute l'équivoque de notre liberté. Le déterminisme se vérifie dans le détail, par analyse, comme il se vérifie après coup, par rétrospection; la liberté s'exhale de l'ensemble, et elle détient aussi le secret imprévisible, le secret impénétrable du futur. Après coup et comme Avoir-pu-faire-autrement, la liberté n'est qu'un vain regret et une improuvable illusion; avant le fait et comme Pouvoir-faire-l'un-ou-l'autre, l'imprévisibilité est une irréfutable, irréfragable évidence; et elle défie toute anticipation, et elle se rit de nos pronostics. La liberté au passé est aussi inconsistante que le charme d'Hier, lequel était imperceptible hier, c'est-à-dire sur le moment, quand cet « hier » était un Aujourd'hui, et apparaît dès que l'aujourd'hui d'hier est devenu l'hier d'aujourd'hui. *J'aurais pu, j'aurais dû*... Ici, « autrement » ne traduit que la vaine impuissance du regret. Après coup et dans la rétrospectivité posthume de l'acte, la liberté est aussi décevante, aussi évanouissante qu'un charme. Après coup, l'agent se sent mystifié, comme peut l'être la dupe d'un sophisme : on lui a escamoté sa liberté! Car le prétérit est le point faible de la liberté. Mais il est, par contre, le point fort du déterminisme; et, de même que la connaissance, retardataire par vocation, n'est à son aise que dans le tout-fait, de même, le déterminisme réussit toujours à titre de rétrospection. Les rapports se renversent si on envisage le futur : la liberté, qui était un fantôme par rapport au passé, devient par rapport à l'avenir disponibilité concrète et imprévisibilité pure; le déterminisme, qui triomphait au prétérit, n'est plus qu'un pari aléatoire par rapport au futur, à moins qu'en vertu de la fiction anticipatrice du « futur antérieur » il ne se suppose lui-même postérieur à ce futur. Si le conditionnel passé exhale, comme un parfum nostalgique, la vanité du regret indéterministe, le futur antérieur, lui, exprime la gratuité de la pétition de principe déterministe. Les possibles au conditionnel passé sont pure négativité logique et fantasmatique : la possibilité organique, comme prophétie, est pouvoir d'un futur et nouveauté potentielle. Quand les électeurs ont voté, l'interprétation trouve toujours assez d'intelligibilité dans la conjoncture pour expliquer leurs suffrages; mais elle n'en trouve jamais assez avant le fait pour pronostiquer un scrutin. D'où vient cette irritante contradiction ?

Le Pour et le Contre. Il est impossible que la liberté soit et il est impossible qu'elle ne soit pas. Comment ne serions-nous pas hésitants ? Une liberté qui est toujours au futur, une servitude qui est toujours au passé... Il n'est guère question de présent dans tout cela! Distinguons bien les deux optiques. Le passé est le point fort de la thèse nécessitarienne. Rétrospectivement ou après coup, la liberté est le mirage du vain regret, à moins qu'il ne constitue le désespoir du remords. J'aurais pu, j'aurais dû... Toujours au conditionnel passé! Si j'avais su... hélas! j'aurais agi tout autrement. Et l'homme épilogue avec mélancolie sur les vies qu'il aurait pu avoir, la carrière qui aurait pu être la sienne, les possibles qu'il a laissé se perdre. Cette misère de la vie en pointillé, celle qu'on n'a pas eue, c'est le jeu démoralisant de l'uchronie. La logique, en accord avec les sophismes des Mégariques, semble impitoyable sur ce point : au nom du principe d'identité, elle semble exclure l'avoir-pu-faire-autrement. Ce qui a été a été. Quel que soit mon choix, je ne fais jamais qu'une seule chose; et je ne puis jamais démontrer que j'aurais pu en faire une autre : l'autre, je la ferai ensuite, plus tard, en raison de l'irrévocable et de la succession irréversible; je la ferai dans le cadre d'une nouvelle série qui prend la suite de la première. — Le mirage consiste à transférer dans le passé, par reconstruction, des schémas spatiaux qui ont un sens par rapport au futur seulement : bifurcation, croisée des chemins, pointillé. La fourche du bien et du mal, elle est devant moi; les carrières et les vies en pointillé, elles sont à venir; c'est avant le fait que le *pouvoir-faire-ainsi-ou-autrement (aliter)*, ou l'un ou l'autre, retrouve son évidence irréfragable. Si on regarde l'horizon du pas-encore, on voit que rien n'est joué, que les dés ne sont pas jetés. Si un événement accompli exclut *ipso facto* les autres et les rejette dans le néant de l'inaccompli, une éventualité reste possible avec toutes les autres et en même temps qu'elles.

La liberté n'est pas une possibilité rétrospective ou uchronique. Serait-elle virtualité anticipée ou vide disponibilité ? La liberté ne serait-elle que dans l'abstention ? En ce cas nous devrions conclure : il y a liberté tant que la volonté ne choisit pas entre les possibles ni ne décide du passage à l'acte... Ce qui est une singulière dérobade! un refus de combattre. Évidente à condition de n'exister pas encore, inconstante et fuyante aussitôt que promue à l'existence, la liberté resterait libre à la seule condition qu'on ne s'en serve pas. Dans l'abstention et la neutralité! Tous les possibles sauf un s'anéantissent par l'élection d'un seul. La liberté s'aliène dans l'actualisation. Telle est la tragédie du choix : la liberté n'est-elle qu'un vœu ? le mirage toujours inactuel d'un avenir perpétuellement à venir ? la chimère d'un *futurum quid* qui a tout son *esse* non point derrière ni pendant, mais devant ? Le parti qu'on n'a pas pris, tous les partis qu'on pourrait prendre (quand on s'abstient) représentent *a parte post* et *a parte ante* les possibles qui aèrent l'être de la liberté en creusant autour d'elle le vide du non-être. Ce vide n'est-il pas, au gré du nominalisme, pure illusion ? Après coup, la nécessité implacable, quoique indémontrable, se reforme, et la liberté n'est plus que le charme très vain de l'avoir-été; la liberté se réduit alors au charme d'un *Fuisse* qui n'a peut-être jamais été un *Esse*, d'un passé qui n'a jamais été aujourd'hui, d'un Déjà-plus qui n'a jamais été Maintenant. Avant la lettre, la liberté est une impression fondée sur la simple impossibilité de prévoir, c'est-à-dire sur une preuve toute négative qui peut-être se réduit à mon ignorance devant une étiologie trop complexe. Déjà Bergson remarquait [1] que le passé et le futur sont les éternels refuges du déterminisme comme de l'indéterminisme indifférentiste. Inexistante dans l'optique du *Tout-fait* ou du Déjà-fait, inconsistante à la manière d'un mirage dans l'optique du *Pouvoir-faire*, la liberté ne serait évidente que dans le *Se-faisant*, c'est-à-dire « au fur et à mesure » de l'action « en train d' » agir... Puisque son *avant-goût* est une illusion et son *arrière-goût* une erreur, la liberté aura-t-elle au moins du *goût* sur le moment, et au présent ? Hélas! c'est « pendant » la décision et au présent qu'elle est peut-être le plus insaisissable. Après, il n'y a jamais qu'un seul événement; avant, il y a bien deux éventualités, mais ce ne sont que des virtualités, et l'alternative nous interdit de les cumuler à l'état actuel comme elle empêche le pouvoir de pouvoir plus que les possibles; les deux éventualités ne peuvent exister ensemble; l'une déloge l'autre, l'autre déloge l'une, avec la rigueur d'une mécanique incontournable. D'ailleurs, la coexistence renvoie à l'espace, dans lequel la liberté devient incompréhensible. Le maître discrétionnaire des possibles peut l'un *et* l'autre *(utrumque)* à la seule condition

1. *Essai sur les données immédiates de la conscience*, p. 132-133 et 140.

de ne faire, en fait, *ni* l'un *ni* l'autre *(neutrum)*; en fait, il ne fait jamais que l'un *ou* l'autre *(alterutrum)*, et il ne fait l'un et l'autre que successivement : l'un d'abord et l'autre ensuite... C'est donc dans le choix naissant qu'il faudrait sentir germer la double réalité, non comme bifurcation, disjonction ou dichotomie, mais comme coexistence en acte. Or cette coexistence est impossible. Une coexistence à laquelle manquent la pérennité et le parallélisme des deux existences continuées, une coexistence qui dure le temps d'un éclair ou d'un très douteux instant, est-elle une coexistence ? Pourquoi notre liberté n'élude-t-elle jamais le triangle de délibération ni la disjonction malheureuse ? On dirait que les choses sont combinées de manière à dérober à l'introspection tout ce qui n'est ni le futur d'une illusoire liberté ni le passé d'un trop connaissable déterminisme. Quel malin génie nous a ainsi soustrait l'intuition de la liberté au présent et sur le moment, c'est-à-dire du vouloir à l'article du *fiat ?* Pourquoi faut-il que la liberté soit toujours douteuse à titre de *Velle* et dans l'instant flagrant de la décision, toujours patente à titre de *Posse* et dans la continuation fantomale des possibles ? Toute l'équivoque réside en ceci qu'il nous faut choisir entre l'insaisissable liberté du Vouloir et l'indémontrable liberté du Pouvoir-vouloir, c'est-à-dire du Pouvoir tout court. L'Alternative malheureuse n'est transcendée que dans la libre indifférence du pouvoir; or cette indifférence n'est ni zone neutre, ni *tertium quid* entre bien et mal, mais potentialité vide : le pouvoir, hélas! n'accède à l'actualité qu'en choisissant et en cessant d'être libre!

C'est la façon personnelle que j'ai d'être déterminé qui « est » ma liberté. L'homme libre est libre, non pas *de* toute détermination, mais *de par* ses déterminations elles-mêmes. Non que les facteurs, conditions, circonstances de l'acte soient en fait trop nombreux et complexes : nous manquerions simplement du temps nécessaire pour démêler la motivation de la préférence ou pour prévoir la décision : non, ces déterminismes sont positivement « innombrables », s'enrichissant à chaque seconde des souvenirs toujours renouvelés qui composent la continuité inexhaustible du vécu. Or, l'infini diffère du fini infiniment, et non point en degré. La prévision n'est donc pas plus ou moins difficile, elle est *à la rigueur* absolument impossible, et voici en quel sens : si hautement probable que soit une décision dans un contexte mental donné et pour un conditionnement déterminé, un caprice de la onzième heure et de la pénultième minute peut toujours, au seuil du *fiat*, tout remettre en question, de telle sorte que notre certitude n'a même pas, *stricto sensu*, un commencement de vraisemblance : rien n'est joué tant que n'est pas prononcé le mot de la fin et de l'article ultime; il est vrai que ce caprice à son tour s'ordonne dans une légalité plus complexe et plus élastique capable de le digérer; mais, comme cette légalité elle-même peut toujours être déjouée par un super-caprice plus capricieux que le premier, il faut conclure que ce caprice imprévisible à l'infini et cet ordre intelligible à l'infini se pourchassent mutuellement, l'un renchérissant et raffinant sur l'autre; et c'est cette possibilité d'enchère dialectique infatigable qui est, en somme, la liberté. Plus sommairement, il faut conclure qu'il n'y a pas de conclusion.

Voici donc les deux contradictoires que nous devons penser ensemble, qui sont vrais ensemble : il est vrai, d'une part, que mon choix, quel qu'il soit effectivement, *aura été* après coup explicable. Et de même : quoi qu'il arrive au cours de l'histoire, notre lecture, nécessairement retardataire, peut toujours donner des événements une interprétation rationnelle, ou tout au moins plausible. Dans la profondeur inépuisable des déterminismes historiques on peut toujours trouver des raisons suffisantes pour tous les événements possibles, voire les plus aberrants et les plus saugrenus! Et sur cette même lancée : quelle que soit l'issue des élections, et même si le résultat en est totalement déroutant et imprévu, les instituts de « démoscopie » se chargeront de découvrir *rétroscopiquement* pour ce résultat une explication satisfaisante; et ils la trouveront sans nul doute dans les impondérables de l'opinion publique et les caprices de la psychologie collective; même après des élections surprise où un électorat particulièrement capricieux déjoue au dernier moment toutes les prévisions, les commentateurs rétrospectifs expliquent gravement qu'une volte-face subite devait survenir, et ils retrouvent une continuité historique sous les discontinuités de l'humeur. A ce point de vue la philosophie de Leibniz est la vraie : rien n'est « hors d'ordre »! Tout est intelligible, et jusque dans l'infinitésimal. Des lignes virtuelles d'intelligibilité préexistaient sans doute au sein de la situation historique...

Ceci dit, plusieurs déterminismes — mieux encore : une infinité de déterminismes latents — sommeillaient déjà en puissance dans le présent; et ce sont ces innombrables déterminismes qui constituent la contingence — car on ne sait pas lequel d'entre eux l'événement actualisera. Ce qui est intelligible après coup avait été imprévisible avant le fait. Et, inversement : ce qui est imprévisible avant le fait aura été intelligible, mais après coup... Ce futur antérieur, étant une anticipation, n'est jamais la prédiction directe du futur; ce futur antérieur est plutôt une tricherie! Le revirement de la dernière heure et le caprice de la dernière minute qui changent du tout au tout la tendance d'une élection, cet absurde revirement et ce caprice ont pu *a posteriori* être expliqués : ils ne pouvaient cependant être prédits ni prévus ni d'aucune manière anticipés. Et ceux-là mêmes qui fabriquent le résultat en votant sont les premiers stupéfaits par le coup de théâtre dont ils sont les auteurs responsables! « Si je savais quelle sera la grande œuvre dramatique de demain, écrit Bergson, je la ferais [1]. » Mais il ne peut pas le prévoir et, par conséquent, il ne peut pas la faire. Je sais *que*, mais je ne peux pas dire *quoi*. Ne pouvoir prédire ce qu'on pressent — c'est là l'échec de la dernière minute, et c'est le plus décevant, le plus irritant de tous les échecs. Je ne sais pas encore, mais je pressens que je vais avoir su... C'est encore Bergson qui s'exprime ainsi, en termes admirables. Je sais, mais d'une prescience muette. Je ne connais pas le mot. Mais je sais seulement ceci : dès qu'il *aura* été prononcé, je le reconnaîtrai; et il sera dès lors le seul possible, le plus vrai et le plus nécessaire. Mais si vous ne dites pas ce mot vital, je ne pourrai le trouver moi-même. Pour l'amour de Dieu, chuchotez ce mot à mon oreille.

L'homme libre peut toujours faire *autrement :* autrement à l'infini; quelle que soit la probabilité d'un choix déterminé, un autre choix est toujours possible; ou, en d'autres termes : si exactement qu'on prévoie la réaction de quelqu'un dans une situation donnée, le milligramme d'absurdité surprenante et d'aventure inhérent à toute décision humaine justifie une clause restrictive : une telle clause sous-entendue nuance plus ou moins tout pronostic; et il n'est pas rare que ce milligramme de nouveauté nous surprenne encore après le

1. *La Pensée et le Mouvant*, p. 110 (Le possible et le réel); cf. p. 13-16, 110-111, 114. Sur les prévisions rétrospectives, *Les Deux Sources de la morale et de la religion*, p. 72.

choix déjà choisi, comme le *nescioquid* de l'effectivité surprend la conscience la mieux préparée à en recevoir le choc... Cet en-plus irréductible qui ne préexiste jamais dans les antécédents du *fiat* tient aux ressources indénombrables où la volonté puise (sans toujours choisir) son inspiration. La liberté n'est pas, comme le pensait Lequier, un commencement révolutionnaire et arbitraire dans le vide de toute préexistence, mais elle est plutôt, comme le pensait Bergson, une nouveauté imprévisible dans la plénitude des facteurs innombrables qui forment le contexte du *fiat*. Nous supposons que la formule du choix, si complexe soit-elle, pourra être mise en équation; mais nous ne savons pas encore sur quel plan de conscience la personne se fixera, à quel degré de la conscience de conscience l'*idea ideae* se tiendra, à quel instant de la durée le débat s'arrêtera. La profondeur et la continuité du temps, le fourmillement inépuisable et infinitésimal des moments de ce temps font de toute décision un en-plus positivement nouveau. La délibération n'est pas non plus une oscillation alternante — car on pourrait alors en prévoir et même en calculer la prochaine phase d'après la régularité de son rythme; non! la liberté n'obéit à aucune loi, pas même à celle de l'alternance... La délibération est une subtilisation enrichissante, qualitative et régressive; elle s'étire dans la dimension du temps; le temps est sa carrière, son aventureuse carrière; sans le temps il arriverait de trois choses l'une : ou que le scrupuleux succombe à la maladie du doute et à ses conséquences, l'aboulie, l'asthénie et l'apraxie; ou qu'il décide à pile ou face, pour en sortir; ou que le vouloir (βούλεσθαι) soit la résultante mécanique du délibérer (βουλεύεσθαί). En réalité, le moi ne joue plus aux quatre coins avec les motifs, mais, grâce au temps, il est tout entier chaque motif successivement, et tout entier un seul présent à la fois. Le temps est l'issue et le principe d'ouverture infinie qui libère le Pouvoir et rend imprévisible l'instant liminal, le seuil critique de la décision. En quel point du temps cessera le dédoublement de conscience ? L'exposant de conscience est la passionnante, l'aventureuse incertitude en tout acte libre, et le *fiat* qui immobilise cet exposant advient comme un moment arbitraire du devenir.

Une première conclusion s'impose : ce n'est ni dans l'alternative ni dans l'alternance qu'il faut chercher la liberté. Disjonction figée ou statique, l'alternative ne nous dit rien sur la liberté du choix :

elle nous dit seulement que le vouloir choisit *de deux choses l'une*, ou bien l'une ou bien l'autre, mais chaque fois pour telle ou telle raison. Par opposition à l'*alternative* quiescente, l'alternance implique une oscillation, mais cette oscillation, comme le mouvement pendulaire, obéit à une loi de rythme, et sa régularité exclut tout caprice imprévisible. Le choix ne sera vraiment imprévisible que si, d'une part, l'oscillation est irrégulière et plutôt semblable à une vibration, et si, d'autre part, elle se prolonge indéfiniment dans la continuité d'un devenir ouvert sur un avenir infini. C'est alors qu'apparaît sous sa forme la plus déroutante l'ambiguïté foncière des intentions, celle qui s'exprime dans le paradoxe du coupable-innocent. Déterminée en chaque point assignable du processus, l'option est totalement indéterminée si on considère le processus dans son ensemble. S'ils ne veulent pas être ridiculement démentis par les faits, c'est donc jusqu'à la dernière seconde, jusqu'au dernier instant du dernier moment que le savant politologue et l'infaillible sociologue devront attendre pour rendre leurs oracles rétrospectifs. Prédictions tardives ou vaticinations — tout cela appartient au domaine de la bonne chance ou du pari. Et comment les prévisions, statistiques ou scientifiques, se vérifieraient-elles quand la liberté — en l'espèce : l'électeur, le joueur, le stratège — ne sait pas elle-même jusqu'à la dernière minute en quel sens elle se décidera ? La liberté est à elle-même sa propre énigme. A plus forte raison ne pouvons-nous sonder à fond la liberté du partenaire, c'est-à-dire deviner ses intentions : les risques d'échec sont trop grands, les chances de réussite trop hasardeuses. Si nous jouons, avec Balthasar Gracián, au jeu du *pénétrant impénétrable*, l'aléa et, avec l'aléa, l'enjeu se traduiront en ces termes : comment jouer sans être déjoué ? et qu'est-ce que jouer au plus fin ? Pascal nous dirait sans doute que, pour être vraiment fin, il faut parfois ne l'être pas trop : ... notamment quand c'est l'éventualité la plus attendue qui est la surprise imprévisible. Comment deviner en quel point de sa méditation, de ses cogitations, de ses hésitations, le stratège d'en face s'arrêtera, puisqu'il ne le sait pas lui-même ? La complexité de la réflexion et des exposants de conscience va à l'infini, comme se prolonge à l'infini la carrière des spéculations.

Que va-t-il décider ? Telle est la question que nous posons au sphinx Liberté. Mais le sphinx ne connaît pas lui-même la réponse. Récapitulons quelques moments, parmi une infinité d'autres, dans cette poursuite régressive à la recherche d'une énigme qui est celle de l'instant en instance. Voici deux oranges, l'une grosse et l'autre petite. 1° Le plus simple et le plus élémentaire est de penser qu'à *tenir compte* du seul instinct « pléonexique » et de la gourmandise, l'homme tenté choisira la grosse. C'est le degré zéro de la liberté. 2° Mais je peux aussi choisir la plus petite, pour contrarier le geste si attendu de la pléonexie pure et simple par un autre geste un peu moins attendu qui est celui de la bonne éducation, pour opposer au réflexe égoïste une réaction déjà contre nature qui est une première habitude morale, et aussi pour faire un choix plus rare et pour vous dérouter, parfois même dans l'idée de faire, à terme, une petite spéculation intéressée, et avec l'arrière-pensée qu'on me « revaudra » ce sacrifice. Tel est le premier degré de la liberté. 3° Mais je peux à nouveau choisir le fruit le plus gros, non par voracité naïve, comme sous l'effet de l'impulsion primaire et spontanée, mais par cynisme et pour faire scandale, parce que l'observateur s'attendait à un choix moral, et non « spinal », et à une démonstration de liberté : au choix du fruit le plus petit. Cette complication de la complication, on peut la dire machiavélique, car elle suppose un intermédiaire de plus dans les méandres tortueux de la spéculation. Par rapport à la complication relativement simple, cette complication à la deuxième puissance porte le même exposant que la fausse naïveté et le retour délibéré à l'instinct. 4° Et je puis de nouveau choisir exprès l'orange la plus petite si je prévois que vous vous attendez à la manœuvre précédente : faire un choix inattendu à force d'être attendu, un choix naïf, un choix vorace et, par snobisme, défier la morale et provoquer les moralistes; je ne suis plus seulement libre de ma liberté morale (troisième stade), mais libre de cette nouvelle liberté elle-même, capable de revenir par jeu à l'ascétisme. — A partir d'ici il nous faut bien ajouter : *et caetera*, puisqu'il faut bien s'arrêter. Cette récurrence indéfinie se ramène à une alternance de flux et reflux comme dans les marées : tantôt l'instinct naïf, tantôt l'ascétisme qui est passé par l'instinct (et en est revenu!); tantôt un cynisme qui a connu l'ascétisme, tantôt un nouvel ascétisme qui a dépassé le cynisme. Quel que soit mon choix, je choisis pour telle ou telle raison l'absence de raison, c'est-à-dire le choix prétendument aveugle étant lui-même une raison. Mais le témoin ne peut savoir à quel moment de la récurrence je m'immobiliserai, sur quel point ou exposant je me fixerai — ceci, comme nous l'avons rappelé, en raison de l'ouverture du temps vers l'infini. Bien souvent, on s'arrête à un moment donné par simple lassitude... Précisons pourtant : ouverture infinie et dédoublement infini veulent dire ici non pas inachèvement, mais indétermination positive, c'est-à-dire liberté; et l'imprévisibilité elle-même ne tient pas au caractère incomplet de l'enquête, mais à un élément novateur et créateur. De conscience en surconscience et de surconscience en super-conscience, la volonté de vouloir s'échappe, aussi légère que l'humour, aussi impondérable. On ne sait jamais où elle est ni ce qu'elle est... Et pourtant elle n'est pas libre devant le vide, mais dans la plénitude des déterminations innombrables.

2. L'AMPHIBOLIE DE LA LIBERTÉ ET L'EXPOSANT DE CONSCIENCE. — Trois pièges peuvent être dès lors éventés : 1° La liberté, ce n'est pas de choisir un chiffre de conscience, si compliqué soit-il, et puis de s'y tenir une fois pour toutes : car celui qui s'arrête et prend des habitudes redevient automate; la liberté, c'est de rester fidèle à la *prise de conscience* elle-même, laquelle n'est pas un « exposant », ni un cryptogramme, mais un dynamisme et une mobilité; et, de même que le sot est une conscience immobilisée qui s'arrondit béatement, complaisamment dans ses « chiffres » (car la sottise ne cesse pas sur un certain niveau de conscience-de-conscience à partir duquel l'intelligence commencerait), de même il y a une pseudo-originalité qui élit domicile dans un certain style d'action définitivement fixé, et dont la moindre herméneutique tôt ou tard déchiffrera le chiffre. Sans doute l'ironie nous sert-elle à contrarier l'abêtissement qui est une suite de la domiciliation; elle entretient cet élan anagogique (ὁρμή) dont parle Platon : il ne s'agit pas d'atteindre tel ou tel étage, si élevé soit-il, mais de se porter toujours au-delà. Toujours plus haut! 2° Mais la liberté n'est pas, pour autant, dans une dissolvante, paralysante, stérilisante régression à l'infini : car seules l'indifférence et, partant, l'abstention sont possibles où la volonté ne trouve à se fixer. La volonté asthénique oscille jusqu'à ce que mort s'ensuive entre ses deux bottes de foin. La volonté meurt d'inanition et de famine. En réalité cette régression à l'infini n'est qu'une oscillation indéfinie; ce raffinement n'est qu'une stagnation, un mouvement pendulaire sur place. Le piège de l'oscilla-

tion statique guette tous ceux qui, ayant admis l'alternative de la liberté et de la nécessité, se trouvent renvoyés de l'une à l'autre indéfiniment et, en désespoir de cause, accordent au finitisme nominaliste de Renouvier l'absurdité de l'infini actuel. Autant demander si l'infini est un nombre pair ou impair : à peine l'avons-nous posé comme impair, et déjà un nombre pair plus grand que lui l'a dépassé et refoulé en finitude; et il suffit de le penser pair pour qu'à son tour il cède la place à un nombre impair encore plus grand; et l'esprit se laisserait peut-être ballotter entre pair et impair jusqu'à la consommation des siècles s'il ne s'avisait un beau jour que l'infini est tout simplement le pouvoir de la pensée de concevoir une grandeur plus grande que toute grandeur en acte, plus grande que toute quantité chiffrable. Ce qui est vrai du nombre infini ne l'est pas moins de la pensée de notre mort : de même qu'on a l'intuition de l'infini en général mais que tel nombre pensé est toujours déterminé, c'est-à-dire ou pair ou impair, de même le vivant n'éprouve jamais l'instant létal en acte, mais à toute minute il s'éprouve existant et ne saisit rien d'autre que la plénitude affirmative de sa propre positivité. Et pourtant on dit qu'il peut avoir, quand il réalise l'effectivité de sa mort propre, une entrevision intuitive où la contradiction est miraculeusement résolue. Par cette demi-gnose de l'instant, il entrevoit aussi sa liberté. On comprend maintenant pourquoi tout ce qui est en nous motif particulier et assignable est principe de détermination, pourquoi la liberté est plutôt dans l'allure totale : une quantité « déterminée », c'est-à-dire fixée comme terminus, est toujours un nombre fini, si grand que soit ce nombre, dans le sens même où la « Limite » du *Philèbe* arrête au sein de l'infini un *quantum* (ποσόν) déterminé. L'infini n'est-il pas le pouvoir d'être toujours au-delà ou, pour paraphraser Valéry, le refus d'*être* quoi que ce soit ? En d'autres termes, nous n'avons pas à choisir entre une légalité coiffant l'imprévisible du caprice et un caprice déjouant l'intelligible de cette légalité, pour la bonne raison qu'un tel caprice, dès l'instant où il est en acte, est déjà lui-même une légalité et un ordre statique, et une forme d'embourgeoisement : ici la prétendue surenchère n'est qu'une succession de légalités. Tout ce qui est choisi, au participe passé passif, se fige et devient chose — *res electa*... Déterminisme partout : voilà où l'on veut en venir! Or la liberté n'est pas l'un des deux termes d'une disjonction substantielle : la liberté, c'est le fait qu'un Plus inlassablement s'ajoute à toute figure de l'ordre constitué, et c'est le fait que la conscience déborde toujours de la légalité où on prétend l'enfermer. Aucune forme en acte ne l'épuise. Or, ce fait est un dynamisme et une positivité! Le rapport de la liberté au déterminisme est donc le même que celui de l'amour au mensonge : le mensonge, si agile et subtil qu'il soit, tend encore à la domiciliation bourgeoise, son seul but étant d'adopter un certain chiffre pour tromper l'adversaire et réussir ses petits négoces : l'ego est le centre naturel de cet arrondissement, mais il en est aussi la vulnérabilité; il est la cible désignée de la super-conscience. La sincérité amoureuse est, comme la liberté, cette super-conscience : elle est ce qui empêche la clôture égocentrique, elle maintient l'âme en état d'ouverture.

3° Faut-il comprendre que l'homme libre est celui qui agit *selon* la Liberté ? La Liberté comme entité n'est pas moins une chose, c'est-à-dire une légalité et un exposant, que les déterminismes successifs où la volonté tend à s'établir; et les professionnels du caprice sont des polichinelles, tout comme les Belles-âmes de l'ironie romantique : faire profession de liberté, se spécialiser dans le charme, travailler dans l'Humour et le Bon mot... toutes ces impostures se valent, et elles font vivre aujourd'hui bien des farceurs. Car tel est le piège de la réification statique : quiconque hypostasie le pouvoir-faire-autrement, parce qu'il exploite la dialectique de la self-contradiction, fait le jeu de la servitude. Bergson dit que tout change, mais il ne dit pas que le Changement existe, dans son inséité et sa substantialité ontique de changement : car cela ne ferait jamais qu'un concept de plus pour le jeu de massacre qui dure depuis Héraclite; et il n'est peut-être pas indispensable que le « mutationnisme » prenne place à côté de l' « immobilisme », du « substantialisme » et de tous les autres « ismes » dans le guignol philosophique d'aujourd'hui. Et pareillement le « vitalisme », lorsqu'il hypostasie des principes formatifs ou des entéléchies comme Driesch, ou même des « agents substantiels » comme le profond penseur russe Nicolas Losski, facilite parfois imprudemment la tâche des mécanicistes et de l'*ars combinatoria*. Quant à l'indéterminisme, dont Bergson s'est toujours désolidarisé, comme il s'est toujours désolidarisé du finalisme substantiel, il n'est pas seulement imprudent, mais peut-être machiavélique... Machiavélique, tout effort pour réifier cette intimité de toute intériorité, cet en-dedans de tout en-dedans qu'est la liberté. A la contradiction délétère d'une Liberté mythologique qui est la négation de l'acte libre, s'oppose la vivante contradiction de l'acte libre qui sait, pour être plus libre, renier la Liberté, qui sait se rendre libre de sa liberté même. La liberté est capable de se défaire elle-même, écrit Proudhon [1]. Après la trop prévisible imprévisibilité, voici la prévisibilité imprévisible. La liberté plus-que-libre n'est pas une profession, c'est une vocation; ou mieux : ce qui importe n'est pas la Liberté, mais c'est d'agir librement; c'est l'adverbe, autrement dit la manière intentionnelle, qui fait l'acte libre, et non point la conformité de cet acte à je ne sais quelle substance substantive. Or, l'idole dogmatique se reforme sans cesse : notre *Esse* est tout *Velle*, mais ce *Velle* est encore *Esse* ontologique; notre essence est de vouloir, mais ce Vouloir est chose qui existe; je suis celui-qui-veut. La liberté vivante contrarie ce glissement incessant du *volo* à la *Res volens* et du verbe au substantif. Le fait-de-la-Liberté, comme quoddité, est notre destin au même titre que la mortalité de la mort, la temporalité du temps ou la « dolorité » des douleurs : mais c'est un destin qui paradoxalement nous permet de remanier notre destin, d'économiser les douleurs, d'abréger les temps perdus, de reculer la mort. La liberté, c'est d'être libre de soi ou, en d'autres termes, de pouvoir n'agir pas selon ce qu'on est, d'être au-delà de soi. L'un, selon Plotin [2], est tout entier volonté, πᾶν ἄρα βούλησις ἦν, et il est libre de sa propre liberté; car il n'a pas de « nature ». L'homme, sur ce point, n'est pas l'égal de Dieu. Il reste pourtant, grâce à l'ironie, capable de se libérer à l'infini et de ne jamais adhérer. L'ironie n'est-elle pas ce pouvoir d'être au-delà, ce pouvoir de l'"Επέκεινα sous sa forme intelligente et surconsciente ? L'homme n'est un homme que parce qu'il peut faire mentir sa définition, parce qu'il peut être un autre, agir autrement, faire autre chose, le contraire, et ceci à l'infini; l'homme ne tient pas, comme une chose, dans sa notion abstraite. Nous n'avons pas d'autre « nature » que ce pouvoir d'être hors de toute nature, et en premier lieu hors de la nôtre propre. Or, c'est cette possibilité du démenti infligé au concept qui est la libre liberté. Il est vrai que le démenti lui-même et le reniement s'ordonnent à leur tour

1. *De la justice dans la Révolution et dans l'Église*, III, p. 501 (Bouglé-Moysset).
2. *Enn.*, VI, 8 : Περὶ τοῦ ἑκουσίου καὶ θελήματος τοῦ "Ενος.

dans une définition plus ample, que la bizarrerie est encore un ingrédient du caractère : la nature conceptuelle du sujet est capable de digérer et d'assimiler les attributs les plus aberrants; pouvoir être un autre fait partie, en un sens, de ce que l'on est, de même que les faux et apocryphes font partie, à leur manière, d'une vérité historico-psychologique plus compréhensive. Mais notre nature, dilatée à l'infini par ce pouvoir de décevoir, a cessé décidément d'être une notion. — Dans ce paradoxe d'une « détermination imprévisible », ne pourrait-on reconnaître la synthèse de nécessité et de contingence que les grands métaphysiciens identifièrent toujours à la liberté du sage, et qu'ils appellent « autonomie » car elle associe la spontanéité à la loi ?

3. L'APPRENTI SORCIER. — La même disparité se vérifie quand on envisage, dans la durée, l'avenir de l'acte volontaire. L'homme est libre de sa liberté même, en ce sens qu'il peut toujours faire autrement à l'infini, mais il n'est pas *infiniment* libre de sa liberté, comme il le serait s'il pouvait défaire à son gré ce qu'il a fait, et surtout faire que ce qui a été fait n'ait pas été fait; l'homme peut tout, *sauf* ne pas avoir fait ce qu'il a fait : il ne peut donc que *presque* tout! Ou plus exactement : il peut défaire *ce qu*'il a fait, il ne peut défaire *le fait d*'avoir fait; et ce fait s'appesantit lourdement sur ses épaules; il peut faire autrement, et même le contraire, il ne peut contradictoirement nihiliser la quoddité de sa décision; il peut *renier* la chose faite et, par exemple, la faire oublier, mais il ne peut *nier* l'avoir-fait en général ni le fait d'avoir posé; il peut, enfin, « neutraliser » le fait *(factum)* mais non point « annuler » le *fecisse* en sorte qu'il soit comme *infectum*. Le repentir exprime l'efficacité du reniement quidditatif comme le remords exprime la désespérante impossibilité de la négation contradictoire. La carrière infinie du temps nous est donnée pour faire autre chose, faire mieux, démentir, réparer, mais nous ne pouvons annuler ce temps en le révoquant, en le nihilisant d'un seul mot magique, rien qu'en soufflant dessus, en effaçant d'un seul coup d'éventail l'inscription sur le livre du destin, et le souvenir de cette inscription, et le souvenir de ce souvenir, et le fait même que quelque chose a été une fois inscrit... Nous voudrions pouvoir dire, tel l'homme du remords qui se réveille de son cauchemar : il n'est rien arrivé! Mais non! Une

telle féerie n'est pas au pouvoir de notre liberté. Ce qui est en notre pouvoir, c'est de faire *comme si.* C'est de feindre pudiquement qu'on ne s'est aperçu de rien. La créature subit donc le joug inexorable de l'identité, mais elle le subit moins dans la nécessité « éternelle » des Mégariques (ce qui est écrit est écrit, tout est donné d'avance) que dans un destin « sempiternel » créé par elle un beau jour et indestructible à partir de ce jour (ce qui est fait est fait). La volonté crée — librement — des blocs ou des séries d'effets, et elle ressemble au Dieu de Leibniz en cela [1] : c'est-à-dire que le voulu est enrobé dans une masse d'effets non voulus auxquels il faut consentir par-dessus le marché. Le présent est cet acte gordien par lequel j'engage le futur, supprime les possibles, accepte en une fois tout le paquet. La volonté choisit plus qu'elle ne choisit, veut bien plus qu'elle ne veut; veut ce qu'elle ne veut pas; veut, en même temps que le *fiat*, les conséquences enchaînées et répercutées de ce *fiat*, conséquences dont elle n'est plus maîtresse; veut le voulu d'une volonté directe ou antécédente, veut d'une volonté conséquente ou indirecte, c'est-à-dire par raccroc, ce qu'elle n'a pas voulu. Tel un serment de fidélité librement consenti engage l'avenir... Tel encore le malheureux amant épousant la femme qu'il aime, épouse du même coup ses belles-sœurs, ses beaux-frères, leurs amis et les amis de leurs amis; sa liberté n'est pas assez aiguisée pour choisir; c'est une liberté émoussée.

La *res electa* dépasse l'*electio* qui est ainsi à la fois plus grande et plus petite que sa chose. Le créateur débordé par ses progénitures ingrates : n'est-ce pas le piège même que Georg Simmel appelait Tragédie de la culture ? Et faudra-t-il, comme Kierkegaard en venait à se le dire, ne pas exercer sa liberté de choix pour rester libre ? De même que tout à l'heure la liberté, évidente avant le fait, devenait rétrospectivement méconnaissable à l'instant du choix accompli, de même la liberté ne peut plus se lire dans le contrecoup posthume d'une décision qui développe automatiquement ses conséquences.

La liberté se prédestine elle-même, c'est-à-dire : l'acte libre est littéralement « fatidique »; en d'autres termes, *fait destin;* l'acte libre sécrète le fait accompli du destin, le choix déjà choisi pesant, par le

1. Lettres au Landgrave de Hesse, 12 avril 1686 (Janet, I, p. 504-512).

précédent qu'il institue, sur toutes les options ultérieures; en dehors de l'entraînement qu'un choix donné inaugure, le seul fait d'avoir-voulu n'est-il pas déjà par lui-même ineffaçable et irrévocable ? Prenons notre parti de ce paradoxe ironique : ce qui est *fait* est fait, c'est-à-dire défait! *défait*, donc déposé ou décréé. Reconstruire, fût-ce « à l'identique », la ville détruite, réparer, ravaler et laborieusement rafistoler le monument dévasté, en sorte qu'il soit presque indiscernable de son modèle (presque! patine comprise), ces opérations réversibles n'excèdent pas les pouvoirs du démiurge humain. Mais ressusciter six millions d'êtres exterminés par la rage allemande, cela, Dieu seul le peut. Et de la même manière : l'homme repentant et de bonne volonté peut réparer dans la mesure du possible les conséquences *involues* de la chose voulue, mais il ne peut *dévouloir* le fait d'avoir voulu. Cette opération irréversible serait une opération surnaturelle. Ce serait un miracle! Il faut être Dieu pour, je ne dis pas défaire ce qui a été fait, et ainsi *refaire*, mais pour faire que ce qui a eu lieu n'ait pas eu lieu! Telle est la dissymétrie de notre liberté, tel le demi-pouvoir d'un demi-sorcier qui est libre de vouloir, mais serf du fait d'avoir voulu. Pourtant cette liberté libre de faire, non de défaire, est en un autre sens libre de soi à l'infini. C'est le cas de dire, avec le hiérophante de Er le Pamphylien : οὐχ ὑμᾶς δαίμων λήξεται, ἀλλ' ὑμεῖς δαίμονα αἱρήσεσθε... Αἰτία ἑλομένου[1]. « Ce n'est pas un démon qui vous tirera au sort, c'est vous qui choisirez un démon. ... Le responsable est celui qui a choisi. » La *causa sui*, maniant l'arme à double tranchant de la liberté, est à la fois forte de sa faiblesse et faible de sa force : responsable du destin qu'elle se choisit par initiative constituante, et innocente du destin constitué qui l'entraînera; le scandale dont elle est cause fabrique son malheur, bien que ce malheur soit lui-même un scandale. Ce mystère d'une surnaturalité unilatérale, qui est le mystère même de l'anthropodicée, ne reproduit-il pas en l'homme le divin mystère de la théodicée ? Car le Créateur et la créature créatrice, qui est divinité « diminutive », se font pendant! L'homme créé est à la lettre *creaturus*, c'est-à-dire créateur au futur, appelé à créer plus tard. La liberté insondable de Dieu représente pour la créature un destin. Mais cette Liberté crée elle-même des libertés qui mysté-

1. *La République*, X, 617 *e*.

rieusement coopèrent à l'opération divine et qui sont donc à la fois libres et prédestinées : la volonté en instance de choix peut disjonctivement l'un-ou-l'autre; mais, en un autre sens, le choix une fois choisi aura été inscrit ou écrit de toute éternité dans le destin, quand ce ne serait qu'en vertu des *tautologies* auxquelles la *tautousie* de l'être semble nous réduire : l'être, à ce point de vue, n'est-il pas ce qu'il est, et tout ce qu'il peut être, et rien que ce qu'il est, et ceci en toute plénitude, actualité et univocité ? D'autre part, l'homme subit dans sa liberté même les conséquences de sa propre liberté, c'est-à-dire que, si la décision dépend entièrement de lui, les conséquences, à leur tour, dépendent de la décision et font corps avec elle, comme une pièce montée qu'il faut accepter avec toutes ses garnitures. Le *Fiat* est donc à la fois prédestiné par un destin où il s'insère, et post-destiné par un destin qu'il se fabrique. Et pourtant le *Fiat* est libre! Du point de vue de l'Absolu en acte, tout, par définition, fait partie de la totalité, mais ce truisme éléatique, d'ailleurs aussi irréfutable que verbal, ne nous avance guère, puisque rien ne s'ensuit; la conscience la plus consciente, pour la surconscience transcendante qui en prend conscience, reste toujours marionnette et dupe innocente et relative inconscience par quelque côté; conscience somnambulique ou suggestionnée, elle est une volonté hétéronome qui se croit autonome... Et pourtant ses initiatives sont réelles! Et pourtant l'être manœuvré est un être spontané! La créature, quoi qu'elle fasse, accomplit son destin, même quand elle croit le modifier, et devient ce qu'elle devait être; mais, en un autre sens, elle remodèle ce même destin qu'elle paraît accomplir et y ajoute toujours quelque chose de nouveau; elle façonne un destin de sa fabrication. Par une sorte de causalité en cercle, elle se fait *en* faisant, bien qu'elle doive, pour faire, être déjà ce qu'elle devient; l'*Operari* prévient et pose l'*Esse*, et pourtant l'*Esse* préexiste à l'*Operari*, ce qui opère devant « être » préalablement à l'opération. De la même manière — et Pascal a pressenti ce cercle de l'orthopédie —, la volonté est à la fois immanente et transcendante au caractère[1] : immanente en tant qu'elle est elle-même un ingrédient du caractère intelligible et fait donc partie de ce

1. Bergson, *Essai sur les données immédiates de la conscience*, p. 132. Pascal, *Pensées*, I, fr. 6 (Brunschvicg).

qu'il faudrait modifier, et transcendante en tant qu'elle transforme le caractère empirique et sculpte de ses propres mains, elle qui *est*, la figure de son être propre. Sans ce paradoxe, sans cette contradiction irrationnelle de la transcendance immanente, dont Platon et surtout Aristote ont eu la géniale intuition, la volonté tournerait misérablement, jusqu'à la mort, dans le cercle maudit d'une incurable *tautousie*. Ainsi le caractère se modifie lui-même par une poussée interne et sans aucune prise extérieure, comme le baron de Crac s'extrait du marais en se tirant lui-même par les cheveux. C'est en jouant de la cithare, disait Aristote, qu'on devient cithariste. ...Et pourtant il faut déjà l'être pour en jouer! Mais ne vous embarrassez pas de cette aporie. Tout le monde est un peu cithariste sur cette terre. Ayez confiance en ce don virtuel. Le caractère se fait lui-même, puis, en vertu de la loi d'avalanche, se fortifie de plus en plus. Le caractère est donc *causa sui*, et le cercle vicieux du diallèle, d'après lequel il faudrait être déjà modifié pour se modifier, est en réalité un *circulus sanus*. — L'antinomie kantienne de la liberté et de la nécessité est donc intérieure à la décision même; la liberté du *fiat* implique la résignation aux conséquences du *fiat;* et, puisque la contradiction est le mystère par excellence en tant qu'elle ne peut se concevoir, mais se vit à toute minute dans la continuité irrationnelle du temps, ce sera sans doute le cas de redire tout simplement, avec Schopenhauer et Malebranche : la liberté est un mystère.

4. Le purisme libertaire. — L'équivoque dialectique, exploitée par la mauvaise foi qui en joue, devient ambiguïté, c'est-à-dire confusion et chaos. Ceci vaut pour la liberté de vouloir et aussi bien pour *les* libertés et *les* franchises. La tactique du machiavélisme libertaire n'est-elle pas d'utiliser à fond la dialectique du « Trop » en sorte que la liberté crève d'être hyperboliquement, superlativement, librement libre ? Pacifisme, vérisme, libérisme, purisme en général, tous ces « ismes » sont les variétés d'un seul et même angélisme qui réifie pour absurdifier, et rend absurde pour réfuter, et qui est l'angélisme des anges professionnels comme le sophisme est la sagesse des marchands de sagesse. Il y a entre le sophisme spécieux et Sophia la Sagesse le même rapport qu'entre purisme et pureté : le sophisme est machiavélique parce qu'il asservit la liberté non pas en la niant, mais en la

posant extrême et totale. Nihiliste et homicide, l'extrémisme du tout-ou-rien est l'arme absolue de la mauvaise foi. Cette sagesse absurde autant qu'irréprochable est une dérision, une vérité ironiquement et paradoxalement « sophistiquée ». Qui prend à la lettre le devoir de véracité, c'est-à-dire exige la vérité dans tous les cas, en toute circonstance et sans nuances, méconnaît la vérité la plus générale et la plus importante, et par suite l'amour dont le mensonge peut être le moyen. Et, pareillement, exiger l'extrême justice, *summum jus*, c'est méconnaître la vitale approximation de l'injustice qui seule rendrait la justice viable. Comme l'équité est la sérieuse volonté de la justice, ainsi la liberté, qui est la volonté de la libération, déjoue la mauvaise volonté libertaire, et se met elle-même en vacances, et se veut suspendue pour être plus libre. L'extrémisme libertaire met la liberté au défi de jamais se contredire elle-même : mais quelle est la contradiction la plus scandaleuse, celle de la mauvaise volonté qui prétend être libre à fond pour nier la liberté à tout jamais, ou celle de la sérieuse bonne volonté qui accepte de voir sa liberté temporairement suspendue et consent à la médiation pour être vraiment libre ? Il en est de la liberté comme de Dieu : si Dieu *est* Dieu, Dieu n'est rien; si Dieu est un être, ou quelque chose, alors Dieu n'est pas. Si la liberté est libre purement et simplement, il n'y a pas de liberté; et, inversement, la liberté, pour être libre, doit savoir ne pas l'être. En sorte qu'une certaine innocence est la condition même de sa vérité. A mi-chemin de la négation mortelle et de la position mortelle, n'y a-t-il pas place pour la vitale limitation qui découle de notre intermédiarité et hors de laquelle la liberté se réduit à une stérile et vertigineuse indétermination ?

La logique perfide du maximalisme trouve en chaque homme une mauvaise volonté complice. Le libertaire, voulant la Liberté en soi, indépendamment des moyens qui la rendraient possible, est le saboteur de la liberté, comme le vériste qui dit la vérité à tout prix et tout de suite, absolument, purement et simplement, dût le genre humain en crever, est le saboteur de la vérité! Le libéralisme, prêchant la liberté abstraite sans donner aux hommes les moyens d'en user, n'est pas moins liberticide que le « libérisme » : car la liberté, pour les requins, de trafiquer, d'échanger, de vendre et de corrompre, c'est aussi, pour les gueux, la liberté de coucher sur un banc. Il est vrai que les saboteurs trouvent une audience complaisante dans notre paresse dogmatique, dans notre servile lâcheté et, en somme, dans la panique que nous inspire une liberté vraiment créatrice. Comment s'étonner si l'imposture est de mèche avec ses dupes ? Peu d'hommes veulent sincèrement être délivrés... Les voilà donc, nos vacances infinies! Qu'en avons-nous fait ? Certes, pour ce que les hommes en font, ils feraient aussi bien de rester dans leur caverne comme les prisonniers de *la République*, ou dans leur cave comme les femmes de Barbe-Bleue. Comme les femmes de Barbe-Bleue, nous adorons notre cher despote, et nous applaudissons à ceux qui veulent la liberté extrême parce qu'ils la veulent impossible et parce que leur propos est, en refusant les limitations médiatrices et le mal nécessaire qui la rendraient viable, de la ridiculiser sans recours. Le purisme est la philosophie de la « cinquième colonne ». Faites ce que vous voudrez : voilà le beau cadeau que nous fait l'hypocrisie du radicalisme libertaire; tout est permis. On connaît trop bien la suite : une liberté arbitraire et indéterminée se dissout dans la licence et le caprice effréné, qui en sont la caricature orgiaque, et celle-ci dans le marasme de l'indifférence finale. La liberté, pour survivre, doit accepter les entraves de la négativité que lui impose notre statut de finitude et d'alternative : car ce sont les dépendances qui dessinent ici-bas les contours et la silhouette de l'indépendance; et c'est dans l'étroitesse de ses limites que la personne s'affirme comme présence incarnée. Il n'y a pas de liberté pour ceux qui refusent la loi de l'organe-obstacle.

Le sophisme est irréfutable si on accorde aux Zénon d'Élée de la tyrannie camouflée que la liberté *est une chose*, ou seulement « quelque chose ». Sommer la liberté d'être en acte, et à titre de présent substantiel, c'est l'amener à se contredire, et c'est donc faire le jeu des chacals; la liberté n'est qu'une farce si elle se laisse hypostasier : alors il n'y a plus que le marasme et l'adiaphorie, alors la liberté n'est plus, en chacune de ses coupes statiques, qu'une variété de servitude. La liberté, comme le charme, cesse d'exister si l'on appuie un peu trop, c'est-à-dire si on prétend la localiser; et, comme un charme dont on assigne le support n'est rien d'autre qu'une pitrerie, ainsi la liberté, évidence décevante autant qu'évanescente, refuse toute topographie, tout pédantisme, tout ici-ou-là trop précis. La liberté est une espèce de charme. Comme la mobilité de la grâce répandue, selon Plotin, à la surface de la beauté [1], la liberté est partout et nulle part. *Nusquam est quod ubique est*, dit Sénèque. *Nusquam et ubique!* Ce que les théologiens disent de Dieu et qui est une manière d'exprimer le paradoxe transspatial de l'omniprésence ne s'appliquerait-il pas aussi bien à la liberté ? Partout contestable, partout évidente, lointaine et prochaine, insaisissable et diffuse — telle nous apparaît la présence absente de la pensée dans le cerveau, de la vitalité dans les tissus, du sens dans les mots,... de Dieu dans la nature; tel le fuyant mystère de la liberté parmi les déterminismes qui nous étreignent. Comment s'étonner, après cela, que notre connaissance de cette évidence ambiguë soit elle-même une moitié de connaissance, une demi-gnose à l'usage du demi-sorcier ? Il faut redire de la liberté ce que l' « ambiguïsme » pascalien dit de l'infini : nous pressentons *qu*'il y a un nombre infini, mais nous ne pouvons le chiffrer, c'est-à-dire déterminer *quel* est ce nombre, ni répondre à la question « combien » — et nommément : nous ne pouvons décider si ce nombre est pair ou impair; nous savons donc le *quod*, mais non point le *quid*, ni le *quot* ni le *quomodo;* nous savons « que », mais nous ne savons pas « ce que ». « Ainsi on peut bien connaître qu'il y a un Dieu sans savoir ce qu'il est [2]. » Cette connaissance claire-obscure d'un être ni caché ni patent, mais plutôt à moitié caché, *fere absconditus*, caché quant à sa nature, patent quant à son « il-y-a », c'est-à-dire dans son existence, est celle même que Pascal appelle connaissance par le « cœur ». Or, c'est de cette connaissance-là que la liberté est connue. De la liberté nous avons une gnose hors catégories ou, mieux, une prognose dissymétrique et toujours décevable, une gnose de la quoddité non point transparente, mais massive au contraire et claire-obscure en sa pénombre équivoque. Aussi Pascal, Renouvier et Bergson nous l'accorderaient-ils tous trois : la liberté ne se prouve vraiment que par un acte de liberté, c'est-à-dire en supposant initialement résolu cela même qui est en question. Toujours le miracle du cithariste! toujours le pari quotidien de l'apprentissage! Ce pari et ce miracle ne sont-ils pas une sorte de grâce prévenante ? « C'est un acte de liberté qui affirme la liberté », dit Jules Lequier [3] : la liberté se choisit elle-même librement

1. *Enn.*, VI, 7, 22.
2. *Pensées*, III, fr. 233 (Brunschvicg).
3. *La Recherche d'une première vérité*, Paris, 1924, p. 138.

en pariant la liberté, en acceptant aventureusement d'être libre! Le cercle de la pétition de principe se résout dans le mouvement qui vit cette pétition. « On ne sait que répondre, mais on marche[1]! » Et Bergson, de son côté, nous conseille de nous adresser à Achille : « Achille doit savoir comment il s'y prend! » Consultez Achille, écoutez la mélodie, optez vous-mêmes! Comme le bergsonisme lui-même se pense bergsoniennement, et comme on démontre le mouvement en se mouvant, ainsi la liberté se prouve en s'éprouvant, c'est-à-dire en décidant, sans traductions ni transpositions d'aucune sorte; l'acte, s'exprimant dans sa langue propre, présuppose toujours la liberté! C'est en forgeant qu'on devient forgeron, et c'est en optant que la volonté s'avère « automotive ». La prescience de l'acte coïncide avec cette option gratuite. N'est-elle pas à la fois *gnostique* et *drastique ?* Les apories gordiennes, le scrupule de Zénon sont tranchés d'emblée par un pari qui est lui-même aventure militante, c'est-à-dire encore liberté.

Évidence pneumatique, la liberté n'est pas quelque chose-qui-est. La liberté n'*est* rien. La liberté n'est pas, mais elle sera; n' « existe » pas, mais devient. La liberté est chose à venir, *futurum*, c'est-à-dire non-chose, perpétuellement en instance et puissance d'avènement — si l'aventure est d'affronter cet avènement ou avent de la chose-qui-advient mais qui sera toujours un pas-encore; littéralement, la liberté est chose qui « se fait[2] », *fieri* étant à la fois « se faire » et devenir. L'homme de la liberté, en cela, souscrit à la vocation essentielle de sa conscience, qui est toute futurition, qui est de devenir pour advenir. Que la liberté soit essentiellement une *aventure au futur*, c'est ce que prouve déjà la liberté physique, qui est si décevante quand on s'en sert, n'ayant, comme le bonheur, presque aucun présent, et qui est surtout la latitude d'user d'un certain pouvoir le moment venu : il suffit que la possibilité nous soit laissée, éventuellement et le cas échéant, de faire telle chose à notre guise, même si nous n'usons jamais en fait de la permission. La liberté est ainsi à la fois la respiration de la conscience et l'oxygène vital qui aère et ventile cette

1. Joseph de Maistre, *Soirées de Saint-Pétersbourg*, 10e Entretien. Bergson, *La Pensée et le Mouvant* (La perception du changement), p. 160 et 164. *Énergie spirituelle*, p. 2 : se mettre en route et marcher.

2. Georges Gurvitch, *Déterminismes sociaux et Liberté humaine*, p. 82.

conscience, déblayant autour d'elle une latitude permanente d'agir, d'entreprendre, d'espérer. Il se peut qu'une vie libre ne diffère pas énormément, en pratique, d'une vie serve et servile, et même que la dépense matérielle d'énergie y soit bien moindre; mais dans une vie libre il y a la permission d'espérer, qui est tout. Car la liberté, c'est l'espérance permise. Possibilité constante d'ouverture et disponibilité tonifiante en vue des lendemains, surpassement et outrepassement infini de ce surpassement, passage continuel à ce qui est *autre* et *outre*, la liberté n'est un mirage que dans la mesure exacte où la vie, la conscience et le mouvement sont des mirages : c'est-à-dire pour l'épiphénoménisme. L'impalpable pouvoir nommé liberté n'est vraiment vécu dans toute l'exaltation d'une vie nouvelle qu'au moment où il nous est rendu : il est alors l'affranchissement pour l'esclave, l'émancipation pour l'opprimé, la délivrance pour les captifs, enfin et surtout la Libération pour nous tous. La liberté était une grande chose sous l'oppression, soupire le sage déçu. Ou plutôt, le sage est ici dupe de sa nostalgie : ce n'est pas la liberté qui est grande, c'est la *libération* qui était belle.

5. LA RESPONSABILITÉ DANS SON FOR INTIME. — La responsabilité métempirique, saisie à sa fine pointe, coïncide avec la liberté, avec le devoir qui incombe à cette liberté, et même avec l'indivisible ipséité de la personne à qui ce devoir incombe. Certes la responsabilité empiriquement entendue exige à la fois *quelqu'un* et *quelque chose à faire :* montrons que dans ce foyer de la liberté responsable, dans cette ipséité parfaitement simple les deux restent confondus; que ces deux questions : Qui est responsable ? De quoi responsable ? reviennent ici au même; que le concernement de la première personne et le contenu de la responsabilité métempirique forment un seul problème.

C'est de moi qu'il s'agit. C'est à moi de le faire. Car le « bien » et le « devoir », dans l'optique égocentrique de ma responsabilité pour moi, sont mon affaire personnelle comme la mort-propre (ma mort pour moi-même) est mon affaire personnelle. *Mea res agitur.* Grâce à la responsabilité s'effile dans son étrange solitude cette unicité du *Hapax* personnel que chacun est respectivement pour soi. L'égotropisme n'est pas ici une clause épisodique, mais une promotion essentielle autant qu'irrationnelle. Pierre pour Pierre lui-même (le Soi pour le Moi, ou le Moi pour le Je, ou mon Moi pour moi qui dis moi en cet instant même) et Pierre pour Jacques sont un seul et même Pierre et, du point de vue d'une surconscience témoin ou d'un tiers transcendant, une seule et même personne. Mais, du point de vue de la responsabilité, le Pierre que je suis passionnellement pour moi-même et le Pierre que je suis objectivement pour un autre ne reviennent pas « au même » : il y a entre les deux la distance infiniment infinie qui sépare la première et la troisième personne — non point les personnes de la conjugaison, distinctes seulement par leur numéro ordinal et distribuées, comme des catégories, dans une table grammaticale à deux dimensions, mais, du point de vue de ma propre optique égocentrique, moi et tous les autres sauf moi, moi et tout le non-moi. Je suis pour Lui ce qu'Il est pour Moi, un agent quelconque, une fin en soi nantie de droits et de devoirs réversibles. Dans l'optique égocentrique, au contraire, ma responsabilité n'est pas le cas particulier d'une loi générale, ni le fragment d'un plan universel, mais elle est infinie, inépuisable, et se totalise infatigablement; tout le paradoxe de la première personne s'inscrit dans cette « injuste » dissymétrie : je n'ai que des devoirs sans droits, l'autre n'a que des droits sans devoirs. Ma responsabilité ne tient donc pas à une besogne partitive, ni à un lot découpé dans une masse commune... C'est qu'elle ne répond pas d'un certain travail à faire! Dans les travaux de terrassement, peu importe de savoir qui a fait, pourvu que la chose soit faite; en morale au contraire, peu importe que la chose soit faite (puisqu'il n'y a rien « à faire ») si ce n'est pas moi qui l'ai faite, si je n'ai souffert pour elle, si je n'y suis pour rien; ma participation est la seule chose importante. Si c'était la chose à faire qui importait, il serait indifférent qu'elle fût faite par l'un ou par l'autre, pourvu que quelqu'un en général s'en chargeât, car dans l'objectivisme de l'acte tous les agents sont interchangeables, et chacun est habilité à me remplacer. Le mystère déraisonnable et même injuste de la responsabilité métempirique réside en ceci qu'elle n'est pas une charge dont l'un puisse se décharger sur l'autre, ni un service dont le responsable puisse être dispensé par son voisin. Si celui qui s'offre en sacrifice peut mourir à ma place dans telles circonstances déterminées, personne ne peut mourir à ma place en général, mourir ma propre mort, assumer comme suppléant la grande épreuve semelfactive que tôt ou tard chacun doit affronter tout seul et quant à soi; et, de même, si n'importe qui peut me remplacer dans l'accomplissement de tel ou tel office, personne, et pas même le plus serviable, ne peut me remplacer dans ma responsabilité « intelligible » : il faudrait être moi à ma place, ou il faudrait, par miraculeuse extase ou coïncidence de deux ipséités, que je devienne mon autre en personne! La paradoxologie de la responsabilité tient en trois expériences : positive, négative, temporelle. Positivement la responsabilité métempirique est l'expérience où le moi s'éprouve mis à nu et à découvert et en flèche dans sa plus fine haeccéité. Ici le courage d'*oser* prend tout son sens : c'est le courage d'être seul et le premier, aux avant-postes et en contact immédiat avec le danger. Négativement l'incomparable-inimitable s'éprouve lui-même irremplaçable, et ne peut plus se dérober en alléguant des prétextes ou en cherchant des échappatoires : la responsabilité sérieuse exclut le « vicariat »; autrement dit, on ne peut se soustraire et s'en remettre à un autre dans l'idée que n'importe qui d'autre ferait aussi bien l'affaire. Mais bien entendu l'expérience apophatique est en réalité positive : je ne découvre pas ma responsabilité par différence ou élimination, pas plus que je ne l'infère par déduction de la responsabilité des autres; et, de même que je n'applique pas une loi générale à mon cas particulier, de même je ne conclus pas à ma responsabilité en énumérant les irresponsables dont je la soustrais : d'emblée et par une divination infaillible j'ai déjà pressenti qu'il s'agissait de moi; je ne me découvre pas responsable par un raisonnement indirect, en exceptant tous les autres sauf moi, mais par une intuition immédiate. Dans le temps enfin l'ipséité éprouve que *son tour* est venu quand elle a peu à peu consommé tous les intermédiaires qui la séparaient de l'instant en instance : je ne peux plus me cacher derrière les autres; c'est ainsi que le parachutiste sur le point de sauter dans le vide en fermant les yeux mendie encore une petite minute quand on appelle son nom; que le moribond dont est venu le tour de mourir voit anxieusement s'amenuiser l'intervalle de durée qui le sépare encore du non-être. Comment ce tête-à-tête avec l'imminence de l'immédiat ne nous donnerait-il pas le vertige ? La responsabilité devant l'urgence, comme la proximité de l'imminence, exige du courage parce qu'elle nous place à la pointe extrême de l'aventure et de la décision agissante. Heureusement l'empirie nous aide à noyer toute responsabilité métaphysique dans l'impersonnalité des tâches anonymes, d'abord en fabriquant les délais qui permettent d'ajourner nos décisions, ensuite en épaississant le confusionnisme onctueux qui résulte du vicariat. Le concernement indiscret de l'ipséité dérange nos manèges dilatoires et contrecarre nos dérobades; c'est lui qui explique le repentir humiliant et l'intime contrition.

Il ne suffit donc pas de penser : c'est moi qu'on désigne, mon nom est prononcé; ni de dire : c'est mon tour. La responsabilité implique une vocation. Quelque chose m'incombe, je ne sais quelle charge impondérable et impalpable, un inexistant fardeau que je ne puis ni soupeser ni assigner, qui n'est ni quantifiable ni localisable. Si nul ne peut dire, sauf par métaphore, que l'être tout nu et tout pur, *Esse nudum*, l'être pur et simple, lui est à charge (car seules les manières d'être peuvent devenir difficultueuses, par l'effet d'une respiration gênée ou d'une digestion ralentie, et dans les innombrables modalités de l'existence douloureuse), *a fortiori* nul ne peut prétendre que son essence morale lui soit littéralement un fardeau : car mon essence morale, comme mon être tout court, considérée simplement *(simpliciter)* me pèse encore bien moins que l'air atmosphérique, dont les baromètres permettent indirectement, c'est-à-dire par rapport au vide, de révéler la pression. Notre être moral n'est ni un « avoir » ni un dépôt qui nous serait remis ou commis, et cependant nous en prenons conscience comme d'une charge! Le sens commun tente maladroitement, par des analogies métaphoriques ou même mythologiques, de s'expliquer ce paradoxe d'un *onus ethicum :* avec Épictète, ou avec le dogmatisme religieux, il parle d'un fragment de l'étincelle divine, introduit en nous par la porte, θύραθεν; l'agent serait, non pas même propriétaire, mais dépositaire d'un précieux trésor prêté viagèrement par les dieux. C'est confondre l'essence avec les appartenances, la dignité métempirique avec les devoirs, et condamner l'ipséité à une incurable hétéronomie. A qui le dépôt aurait-il été confié ? On recule, en somme, le vrai problème qui est l'haeccéité ultime de l'ipséité responsable; et d'autre part l'idée d'un prêt, fût-il remis à la naissance, futilise le fardeau en le rendant adventice et accidentel. Plus naïvement encore, le sens commun fait du corps-propre considéré à la fois comme avoir et comme être (être d'un amphibie tout incarné, avoir d'une essence toute spirituelle) l'objet déroutant de « devoirs envers soi-même ». Dans ces naïvetés s'exprime le mystère même de la vide responsabilité, la mystérieuse responsabilité métaphysique dont personne ne réussit à désigner le contenu. En effet, un homme, parce qu'il est un homme, ne fait pas de soi ce qu'il veut (même s'il en a le « droit »); un homme ne peut pas faire de son être-propre n'importe quoi; tout comme s'il n'*était* pas lui-même son être lui-même, ni tout entier son être tout entier, il n'a pas la libre et arbitraire disposition morale de cet être, par exemple pour le vendre ou le supprimer; par une contradiction ironique, cet être plénièrement libre n'a pas sa liberté même à sa plénière discrétion, il n'est pas indifféremment libre de sa liberté, ni libre à son gré, il n'est même pas le maître en sa propre maison! Tel est le paradoxe de l'obligation morale... Disons, pour nous faire comprendre, que noblesse oblige; la grandeur de l'homme est lourde à porter (bien que l'être d'un être n'ait de poids que par manière de parler). A la limite des obligations concrètes impliquées dans la profession d'empereur, de ministre ou de simple fonctionnaire, il y aurait le « métier » d'homme tout court, et ce métier n'est un métier que métaphoriquement, car il exclut toute spécialisation : l' « honneur » d'être un homme comporte des devoirs, encore qu'un honneur œcuménique, c'est-à-dire absolument universel, n'ait rien d'honorifique et n'entraîne aucun privilège. La conscience de cette charge est une demi-conscience, intermédiaire entre la coïncidence végétative et indivise de l'être avec son être et la totale conscience qui détacherait à la surface de notre substance des appartenances modales ou adjectivales (droits et devoirs), à la surface du moi des choses miennes. Le Je qui a pris conscience de sa responsabilité d'homme-en-général se regarde lui-même du même regard objectif par lequel autrui le regarde, mais il n'en reste pas moins sujet pour soi. Cette présence du témoin virtuel n'est encore, à la source de la responsabilité, que le Moi du Soi, mais elle introduit déjà le dialogue et l'instance naissante. Cette conscience incomplètement dédoublée éprouve une sorte de vertige à rechercher ainsi l'origine radicale de sa première responsabilité... Ainsi donc : 1° Mon être ne m'est pas à charge, mais mon devant-être m'incombe : or telle est la définition du devoir catégorique qui se fonde lui-même; 2° L'homme, être inaccompli, est une exigence d'accomplissement. En fait, l'homme n'est pas tant un être qu'un pouvoir, et ce pouvoir veut s'exercer, comme les possibles qui dépendent de ce pouvoir veulent s'actualiser. Notre premier devoir est donc un devoir de faire : car avant d'être quelque chose à faire, le Bien est, dans un certain sens déterminé, un désir et une ambition de faire; avant de savoir ce qu'il faut faire, nous pressentons qu'il faut le faire, que c'est à moi de le faire, et séance tenante. C'est ce qu'on peut appeler la quoddité du Bien. Aussi la faute primordiale sera-t-elle de laisser ce pouvoir inemployé. C'est un péché de stérilité. Quand la liberté reste en friche, c'est l'homme qui renonce à sa chance d'homme; 3° Abstraction faite de toute valeur préexistante à honorer, de tout idéal à réaliser, de toute vérité à proférer, de toute vie humaine à préserver, c'est donc mon infinie liberté elle-même, c'est mon vouloir discrétionnaire qui serait la matière d'une responsabilité vide et en quelque sorte intransitive; la liberté est ainsi à la fois la condition métaphysico-psychologique et le contenu indéterminé de la responsabilité radicale : la condition, en ce sens que pour être responsable il faut préalablement être libre; le contenu parce qu'avant d'avoir rien de spécial à faire l'homme libre doit faire un libre usage de son libre arbitre. Car c'est dans la responsabilité empirique que la condition est distincte du contenu. En disant qu'il faut user *librement* de sa *liberté* nous exprimerions à la fois, dans l'adverbe la condition formelle de la responsabilité, dans le complément la matière dont, hors de toute option problématique, nous sommes *a priori* comptables. Vouloir est en effet la seule chose qu'un homme puisse sans réserve! La responsabilité radicale, n'est-ce pas, pour un homme libre, d'être le serf de sa propre absolue liberté ? 4° L'usage d'une liberté créatrice qui compromet ou engage des valeurs et pose des normes nouvelles, cet usage pèse sur l'adiaphorie du vouloir vouloir, incombe à son indifférence, détermine son indétermination, fait de son vide une plénitude, donne un sens à son arbitraire. Et non seulement la liberté est créatrice de valeurs, mais encore la liberté est libératrice : sa vocation n'est pas d'être libre pour elle toute seule, sa vocation est d'irradier la liberté et de délivrer ce qui l'entoure; aussi l'homme libre est-il responsable pour les serfs et les aliénés à ses côtés. Et l'on trouverait sans peine que le Faire par excellence de cette liberté libératrice est un acte d'amour.

Et voici où la responsabilité prévenante, recevant un contenu concret, se ramifie en responsabilités conséquentes. De longues chaînes de conséquences dépendent en effet de ma décision. Celui qui veut, disions-nous, veut bien plus qu'il ne veut, et la moindre initiative peut se développer à l'infini en conséquences qui n'étaient pas expressément voulues dans la première volition, mais plutôt « convoulues » avec cette volition. Aussi y a-t-il dans toute entreprise, et à partir d'un voulu presque ponctuel, un vaste enchaînement automatique de suites non voulues, qui dépendaient de moi uniquement à l'article du *fiat*, mais échappent ensuite à mon contrôle. Cette zone inquiétante du Retentissement, ces menaçantes possibilités de Répercussion sont déjà chez l'abstentionniste, et avant tout engagement, le principe de la responsabilité virtuelle. Qu'y a-t-il de plus scabreux, de plus catastrophique parfois que le maniement d'une liberté ? On s'explique que la responsabilité soit proportionnelle à la puissance du pouvoir, et aux risques que comporte l'exercice de ce pouvoir. Mais, comme le vouloir est l'infini pouvoir de tous les hommes, l'exercice du pouvoir de vouloir est forcément une affaire délicate et pleine de risques. Le risque inhérent à toute situation concrète fait pratiquement de la responsabilité *a priori* une responsabilité *a posteriori*, de la responsabilité éthico-métaphysique une responsabilité juridiquement imputable. A partir d'ici le responsable doit pouvoir déterminer de quoi, devant qui, jusqu'à quel point il est responsable. On peut dire, par manière de tautologie, que la responsabilité radicale concerne l'homme en tant qu'homme, à condition d'ajouter ceci : l'idée de l'humain pur et simple exclut tout *quatenus*... Les responsabilités empiriques, au contraire, celles qui admettent des déterminations catégorielles, celles qui sont responsables jusqu'à un certain point, jusqu'à concurrence d'une certaine somme, pendant un certain temps, dans un certain ressort, celles qui sont pécuniaires ou judiciaires, ces responsabilités finies sont inhérentes à l'homme en tant que fonctionnaire et elles varient selon les attributions du fonctionnaire; elles préviennent le désordre et permettent au juge de savoir à qui s'en prendre; la délimitation sociale des responsabilités va ici dans le même sens que la division des fonctions et la spécialisation des offices.

Comme la responsabilité prévenante devance la responsabilité conséquente, ainsi cette dernière devance la culpabilité : de l'une à l'autre le rapport est le même que de la dignité au mérite, de la pudeur à la honte, ou plus généralement du κατόρθωμα stoïcien à ces καθήκοντα qui sont devoirs concrets, *officia*, obligations civiques. Honte, mérite et culpabilité, ils tiennent tous trois à ce qu'on a *fait* et sont donc tous trois rétrospectifs, c'est-à-dire qu'ils adviennent après coup. La responsabilité *a priori*, mystère antécédent comme la dignité et la pudeur, engage l'Être, et non pas le Faire, engage la substance de l'ipséité, et non point les événements adventices dont la volonté entreprenante, par ses actes, assume l'initiative. De là vient qu'on peut être responsable sans être coupable, ou avant de le devenir; si au contraire on se rend coupable, c'est qu'on était déjà responsable avant de commettre la faute, la responsabilité seule donnant un sens fautif à l'acte une fois commis. Et, de même, c'est la dignité qui nous rend capables de mériter ou de démériter, comme c'est la pudeur de l'être qui donne une âme morale à la honte d'avoir fait : la rougeur du coupable devenu coupable, cette rougeur qui est une émotion conséquente emprunte sa signification surnaturelle à l'intention de l'être responsable; ou, inversement, c'est la mauvaise volonté radicale qui détériore notre vouloir empirique, qui explique la malveillance de nos méchantes volitions et le retentissement durable de cette malveillance.

La responsabilité, en son for intime, amorce déjà une *réponse;* le responsable répond à un appel, le responsable fait écho à sa vocation surnaturelle, et un rapport triangulaire s'établit déjà entre le sujet, l'enjeu et l'instance. La responsabilité nous extrait ainsi de la solitude substantielle de notre être. La responsabilité en blanc dont nous sommes partis n'était donc ni une table rase, ni un mythe génétiste, ni une robinsonade : dans la pointe innocente et solitaire de la responsabilité métempirique, la base sociale et complexe de la responsabilité triangulaire est déjà contenue! Cette responsabilité sociale et *gratuite* n'est personnellement responsable, en définitive, que dans le for intérieur de son ipséité métaphysique : on pourrait la définir comme une innocence adulte. Personne n'élude cette vertigineuse *obligation* de *répondre* qui est le « privilège » de tous et le devoir de chacun. Personne ne peut dire : je m'en lave les mains; car celui qui s'en lave les mains pour esquiver l'alternative endosse au contraire la plus lourde des responsabilités, celle d'abdiquer de son pouvoir surnaturel. Ou plutôt il n'a pas abdiqué, mais il le croit seulement : car l'indifférent qui croit n'être ni pour ni contre et démissionne de son libre arbitre a encore fait un choix, celui de la mauvaise volonté. Nous disions ici même : un autre peut endosser à ma place telle responsabilité déterminée, mourir à ma place dans telles ou telles circonstances; et de même la médecine peut me dispenser de toute souffrance déterminée, car toute souffrance prise en particulier est « dispensable »; mais l'homme ne peut se dispenser de souffrir *en général* (bien qu'aucune douleur ne soit nécessaire), comme il ne peut décliner sa responsabilité d'homme en général. La quoddité de la souffrance, c'est-à-dire le fait de souffrir, par opposition au ceci-ou-cela de telle ou telle souffrance, est *indispensable*, et la quoddité de la responsabilité, c'est-à-dire le fait en général d'être responsable, est *indéclinable*. Toute la pesante grandeur, tout le profond sérieux de notre dignité tiennent dans ce principe du tiers exclu moral qui nous condamne à prendre parti; la négativité ou neutralité de l'abstention est elle-même une prise de position! Impossible de déposer l'impondérable fardeau. Cette *obligatoire liberté* est à la fois notre destinée et notre destin et elle nous fait coresponsables de tout l'avenir du monde.

CHAPITRE II

Le Vouloir en son fin fond

1. LE POUVOIR DE VOULOIR. VOULOIR, C'EST POUVOIR. — « Commencer est un grand mot », écrit Jules Lequier. Il suffisait peut-être de dire que la liberté elle-même en elle-même et quant à elle-même, *libertas ipsa*, que l'ipséité de la liberté enfin, coïncide avec ce pouvoir du commencement. La liberté n'est inconsistante que dans la continuation, quand tout est joué, décidé, révolu, quand il est trop tard, donc après coup. Immense et décevante comme l'avenir dont ce commencement est la promesse, quand on envisage en elle le pouvoir du Pas-encore, elle apparaît éblouissante et insaisissable comme le présent quand on vise en elle ce point instantané de l'initiative qui est en somme un presque-rien. La liberté est en effet le point évanouissant où pouvoir et vouloir, le temps d'une étincelle, coïncident. Quelle description fixera jamais ce scintillement du vouloir, cette apparition disparaissante de la *scintilla voluntatis ?* Quelle dialectique atteindrait ce branle très secret par quoi tout commence ? Vouloir est la seule chose au monde qui dépende de moi plénièrement, absolument, exclusivement, la seule chose qui soit, comme eût dit Épictète, radicalement ἐφ' ἡμῖν; vouloir est, dans tous les cas, à mon entière discrétion et disposition. En d'autres termes : l'exercice de la volonté est la seule opération qui, si elle implique une *possibilité* préalable, ne suppose aucune *potentialité*, aucun pouvoir distinct du vouloir lui-même; toute activité finie présuppose en effet une disposition passive ou une capacité active qui en conditionnent l'exercice : or nulle puissance expresse ne double ni ne précède le vouloir, puisque le vouloir est lui-même cette puissance... Entendons-nous : dans la mesure où la volition est un

événement qui peut advenir ou ne pas advenir en fait, il y a bien une faculté de vouloir et cette faculté s'actualise quand on en use, reste virtuelle quand on s'abstient; en ce sens très général le pouvoir exprime une simple possibilité logique de volonté ou nolonté : l'homme est un être volontaire capable de ne pas vouloir, ou plutôt c'est un être volontaire qui n'est pas toujours voulant. *Quid faciemus ?* Quel contenu donner à ce pouvoir vide ? Ce que nous voulons dire, c'est que le « pouvoir » de vouloir ne suppose ni essais ni apprentissage, qu'il est d'emblée parfait chez tous, que son actualisation enfin est immédiate, instantanée et assurée du succès. Vouloir c'est, sans *gradus ad Parnassum, pouvoir les deux (utrumque)*, et par exemple pouvoir le bien ou le mal, le oui et le non, et donc être impardonnable de ne pas vouloir. L'homme peut faire s'il veut, à condition de le pouvoir, et notamment d'avoir appris; l'homme peut vouloir s'il veut, c'est-à-dire peut vouloir dans tous les cas, inconditionnellement et sans effort exprès, à condition seulement de le vouloir... car en dernière instance cela ne dépend que de son bon vouloir.

On dirait volontiers (n'est-il pas, pour cette raison, le divin en l'homme ?) que le vouloir implique, comme Dieu, l'essence et l'existence confondues, car il est à la fois, au même moment et du même coup, possibilité de poser et position effective, position, non pas de quelque chose, mais de soi comme voulant quelque chose d'autre. Qui prétend n'avoir pas la « force » de vouloir, celui-là ne veut pas : cette mauvaise raison n'est qu'un prétexte et un sophisme pour déguiser en faiblesse le cercle vicieux de sa mauvaise volonté. Vouloir, n'étant pas conditionné par un quelconque *Posse*, n'a pas de conditions de possibilité, et c'est déjà méconnaître l'absolutisme de la volonté que d'en faire une faculté de vouloir au même titre que toute faculté relative et empirique. Et, partant, la volonté n'est pas une puissance qui serait acquise ou apprise par apprentissage scalaire, qu'on pourrait donc avoir ou ne pas avoir, avoir plus ou moins et en partie, et, l'ayant, employer ou ne pas employer : car tel est le cas des talents que tout le monde ne possède pas et que leurs possesseurs mêmes peuvent acquérir par morceaux; qui sont le privilège d'une élite, et dans cette élite même un privilège gradué. A cet esthétisme un peu aristocratique du pouvoir-faire, par lequel les hommes s'inégalisent et se différencient, opposons l'éthisme œcuménique du vouloir.

C'est peu de dire que le pouvoir de vouloir est, comme le bon sens, la chose du monde la mieux partagée : il est l'universellement humain par excellence! Aussi les hommes, ces demi-dieux du vouloir, sont-ils rigoureusement égaux en leur demi-divinité. Et c'est peu de dire que le pouvoir métempirique de vouloir n'est pas fractionnable : il est, à l'opposé de toute aptitude spécialisée, de toute virtuosité technique, d'emblée parfait chez tous les hommes; il est toujours tout ce qu'il peut être. *Velle non discitur.* Le pouvoir de faire est à la fois difficile et facile, difficile parce qu'il résulte du labeur patient et de la gymnastique des habitudes, facile en ce que le progrès lui-même repose sur la conservation des modifications nerveuses et musculaires; *vice versa,* le « pouvoir » de vouloir est à la fois facile et difficile : facile en ceci que, parfait de naissance, il rend inutile tout perfectionnement laborieux, et difficile parce que, excluant la capitalisation de l'acquis et l'épargne biologique, il suppose un recommencement continué à partir de zéro et une tension toujours vigilante du vouloir. Plus simplement encore : quand une volonté veut, il est superflu *a fortiori,* inutilement analytique et absurdement tautologique de préciser qu'elle peut vouloir, étant donné que pour pouvoir vouloir il suffit par définition de le vouloir. Vouloir, c'est pouvoir — non point à la lettre et en cet absurde sens qu'il suffirait de vouloir pour pouvoir ce qu'on veut, comme les magiciens, et pour accomplir le saut ontologique : car le *fiat* n'a rien de commun avec la thaumaturgie des vœux et dépend au contraire des lois prosaïques du déterminisme... Vouloir, ce n'est pas pouvoir *les choses qu*'on veut, entendez : les choses, valeurs, objets que l'on veut; ni faire miraculeusement et comme par enchantement que le complément direct matériel de ce vouloir devienne réel, ni réaliser physiquement le voulu. Non! vouloir ce n'est pas pouvoir les choses qu'on veut, mais c'est, *ipso facto,* pouvoir vouloir. Cet acte de foi de l'assurance volontariste, pris au sens des sorciers, aurait un peu l'air d'un défi et d'une paradoxologie provocante : car il est bien évident que, pour toutes les activités empiriques autres que le vouloir nu, l'acquisition laborieuse d'un pouvoir par habitude, étude, gymnastique ou exercice, conditionne le passage du vouloir-faire au faire. « Je veux, je peux » est encore moins une déduction que le Cogito : cette juxtaposition sans *ergo* développe une espèce d'identité instantanée. Vouloir c'est pouvoir vouloir, et pour pouvoir vouloir il n'est que de vouloir : le vouloir nous renvoie au vouloir du vouloir, et nous sommes ainsi ramenés au vouloir pur et simple qui est l'alpha et l'oméga, qui est le premier mot et le dernier mot de tout. Le vouloir, comme l'amour, commence par lui-même : initiative prévenante, il commence par lui-même et revient à lui-même; il aboutit à son propre commencement! Il tourne donc dans un cercle... qui n'a rien de vicieux, qui est au contraire sain et bien portant! La dialectique du pouvoir-vouloir se réduit-elle à des lapalissades ? Du moins peut-elle servir à mieux dégager la différence entre l'intimité du vouloir, qui est le for intérieur du pouvoir, et l'extériorité du pouvoir, qui est le for relativement intérieur du possible. De même que le possible, c'est-à-dire la sphère des choses qui « peuvent être pues » (le mot *possibile* ne désigne-t-il pas, par un dédoublement paradoxal, ce qu'on peut pouvoir ?), a toujours quelque chose de passif, de même le pouvoir, capacité active ou virtualité passive, a toujours quelque chose de négatif : la possibilité des possibles « pus » est au passif ce qu'est à l'actif la potentialité du pouvoir qui les peut; mais possibilité et potentialité, possibles ou pouvoir, ce n'est jamais que verso ou recto d'une même puissance négative. Sans quelque chose d'autre, qui est la seule raison positive et suffisante du faire, le pouvoir peut fort bien rester éternellement inemployé et son détenteur mourir sans l'avoir jamais exercé, comme il arrive quand on sait une langue qu'on ne veut pas parler ou dont on n'a jamais eu l'occasion de se servir : je pourrais, si je voulais; mais si je ne veux pas, j'aurai beau pouvoir, je ne ferai jamais, et mon pouvoir restera peut-être en puissance et en friche toute ma vie. Ce quelque chose d'autre qui seul active « effectivement », c'est-à-dire « efficacement », le pouvoir stérile en sorte qu'il devienne « efficient » et produise ses « effets », ce je-ne-sais-quoi est la décision de vouloir : c'est l'archée entreprenante, l'initiative spontanée qui par ses avances féconde la potentialité en jachère et actualise les possibles latents. Ce principe n'est pas absence d'obstacles, mais négation intense des obstacles; ni disponibilité quiescente, voie toute aplanie, toute déblayée, mais option drastique.

Distinguons ici : 1° Le vouloir des choses impossibles qu'on sait impossibles : ce vouloir-là est une galéjade et une figure de rhétorique; car l'impossible est ce qui ne peut être voulu! Ce vouloir-là est une velléité, ou une mauvaise volonté, ou même une nolonté; or, que la volonté soit mauvaise parce que malveillante ou parce qu'insuffisante, parce qu'hypocrite ou parce que platonique, cela revient intentionnellement au même; d'une volonté sérieuse, sincère et passionnée, on ne peut vouloir, en effet, que ce qu'on croit possible; je ne peux, par définition, ce qui ne peut pas être pu : mais c'est aussi que je ne le veux même pas; je le voudrais bien, ce qui est tout différent! On peut en effet désirer l'impossible, quoiqu'on ne puisse sérieusement le vouloir... Souhaiter n'est pas vouloir! Il ne faut pas confondre la volition et le vœu platonique. 2° Le vouloir des choses impossibles qu'on croit possibles : ce vouloir possède pneumatiquement le pouvoir de faire des miracles, de soulever des montagnes; c'est le vouloir qui implique la tension la plus intense, puisqu'il est bandé contre l'obstacle absolu : vouloir désespéré et tragique dont l'issue sera peut-être la mort et l'annihilation de l'agent, la folle volonté de l'impossible est le nerf même de l'héroïsme; en cette extrémité éclate d'une façon aiguë l'opposition entre pouvoir et vouloir — l'un qui est obstacle nihilisé, l'autre qui est, contre tout bon sens, vouloir malgré l'obstacle infini : l'absurde volonté veut envers et contre tous, veut en dépit des lois physiques et au mépris de la raison naturelle. 3° Le vouloir des choses non « pues » (actuellement et en fait), mais non pas des choses impossibles, c'est-à-dire qui ne peuvent pas être « pues » — d'aucune manière, à aucun égard, en aucun lieu, à aucun moment, des choses que personne ne pourra jamais, comme l'immortalité ou l'ubiquité : il s'agit des choses qu'on ne peut pas maintenant, mais qu'on peut pouvoir un jour et plus tard, qu'on pourra (toutes les nuances modales étant ici permises) peut-être, probablement ou sûrement, quand on en aura les moyens techniques; même en ce cas, le vouloir n'est pas absence d'obstacle, il est encore négation de l'obstacle — d'un obstacle relatif et fini, mais positif; négation d'un obstacle réel et résistance à une résistance. Tel fut le pari insensé des résistants de 1940 : insensé, si l'on considère le rapport des forces avec l'ogre. *Nous vaincrons parce que nous sommes les plus forts*, écrivait-on alors sur les murs. Et le plus insensé dans l'invraisemblable défi est que *c'était vrai.* Objectivement vrai, littéralement vrai. Ici *vouloir c'est pouvoir* prend un sens *presque* sublime... A moins qu'on ne préfère dire : c'est l'intuition prophétique de l'avenir qui était géniale. Et, de fait, le génie et l'héroïsme, pour peu qu'ils échappent de justesse à la mort, sont à la limite du possible et de l'impossible, au point de tangence de l'un et de l'autre. L'extraordinaire lucidité de Charles de Gaulle fut sans conteste, en refusant un désespoir apparemment justifié, de rendre possible l'impossible, et raisonnable la folle espérance. 4° Après le vouloir sublime, voici le quatrième cas : le vouloir des choses qu'on peut, mais difficultueusement et laborieusement; c'est la zone privilégiée de l'empirie, de la continuation et de l'intermédiarité, la zone où la volonté trouve ses tâches les plus courantes; il s'agit ici, en effet, non pas même des choses provisoirement, actuellement, relativement impossibles, mais du chantier infini des possibilités, du domaine des difficultés usuelles qui se résolvent par le travail et à longueur de temps, dans l'épreuve de la douleur et de la médiation; que le possible soit la chose du pouvoir n'implique pas que cette chose soit toute faite, toute cuite et toute donnée! 5° Le vouloir de ce qui est intégralement, immédiatement pu : ici nous n'avons que la peine de vouloir, et par conséquent aucune excuse pour ne pas vouloir. Aussi Fénelon dit-il[1] que la mauvaise volonté est le seul vice absolument impardonnable et le seul qui engage intégralement notre responsabilité. Mais comme il n'y a qu'un voulu que nous puissions absolument et sans réserves, et qui est le vouloir lui-même, il s'ensuit que ce cinquième vouloir, à la différence des précédents, ne veut pas une chose ou un contenu assignable, mais que son voulu intentionnel est précisément le fait de vouloir; cas limite, le vouloir vouloir est finalement tangent au vouloir tout court : tel est le vouloir nu et à l'état pur, *voluntas nuda*, qui est le cœur palpitant et le for intime de tout pouvoir, en même temps que la fine extrême pointe initiale de la liberté.

Les cinq cas qui précèdent peuvent ainsi se réduire à trois : l'impossibilité absolue, la possibilité relative et l'absolue possibilité. Ce qui est impossible, ce n'est jamais telle chose déterminée — nombre, contenu, mode d'être, effort quantifiable —, mais c'est l'effectivité en général, laquelle est parfaitement vide et impalpable. Ce qui est invincible, par exemple, c'est la mortalité, ou la spatialité, ou la temporalité, car elles représentent sous trois formes complémentaires l'effectivité de notre finitude. En d'autres termes : toute maladie peut être guérie, mais le fait-de-la-mort en général est une maladie incurable,

1. *Œuvres complètes*, VI (Dialogue des morts, 18), p. 259.

mais l'obligation de devoir mourir un jour (un jour en général, un jour indéterminé) ne peut être éludée par la créature mortelle. L'espace qui sépare les êtres et leur impose la distance et le déplacement, cet espace peut se réduire progressivement à presque rien (sinon à rien) par la vitesse et dans la surenchère indéfinie des records, mais l'omniprésence, qui est négation soudaine et magique de la spatialité, mais l'ubiquité, qui nous donne d'être partout à la fois, sont de pures thaumaturgies. Les temps empiriques peuvent être indéfiniment comprimés, mais la temporalité pure, qui est le fait métempirique du temps, est absolument incompressible, mais l'intemporel est un angélisme irreprésentable : plus précisément il y a dans la futurition un minimum nucléaire qui ne peut être volatilisé et qui correspond au temps brut de l'expectative : plus ou moins vite, tous les intermédiaires de la médiation doivent être traversés; et de même, encore, on peut neutraliser et présentifier le passé, faire en sorte, par une hallucination prodigieuse, que le passé apparaisse *quasi* présent, *presque* indiscernable du présent, mais on ne peut annuler la passéité de ce passé, autrement dit, nihiliser le comme-si, ou (ce qui revient au même) exterminer la quoddité de la prétérition; on ne peut faire que ce qui a été fait n'ait pas été fait, avoir fait et n'avoir pas fait tout ensemble, abolir l'avoir-eu-lieu en général; le fait éternellement accompli, en vertu même du principe d'identité, est devenu notre destin. Le fait accompli ne peut pas devenir miraculeusement, fériquement, inaccompli; que dis-je ? c'est le verbe devenir, impliquant la continuité de la métamorphose (si rapide soit-elle, et si peu semblable à une évolution), qui est ici dépourvu de sens. Le regret qui regrette l'irréversible, le remords qui souffre de l'irrévocable expriment sous deux formes inverses cet aspect destinal du prétérit. La *nécessité* pour l'être d'être ce qu'il est, l'*impossibilité* pour l'être d'être au même moment son propre contradictoire, l'*impuissance* où se trouve notre pensée de penser cet impensable sont donc rigoureusement corrélatives : seule une grâce miraculeuse, en nous conférant l'immortalité, l'instantanéité, l'éternité, serait capable de possibiliser une impossibilité *a priori* impossible!

La possibilité relative, elle s'exprime par une certaine détermination : un âge de la vie, un nombre donné de kilomètres à l'heure, une performance chiffrable, un record quantitatif... : par exemple, la mortalité ne peut pas être économisée, mais il n'est jamais absurde d'ajourner la date de la mort ou d'allonger la longévité; et toutes les maladies énumérées, numérotées, nommées et décrites dans les traités, à l'exception de la maladie de ces maladies, qui est la mort elle-même, peuvent être guéries à l'infini. La spatialité ne peut être transcendée, mais rien n'empêche le champion d'augmenter à l'infini la vitesse de son mouvement, de crever à l'infini le plafond de ses propres exploits et de ses performances. La futurition ne peut être survolée, mais l'homme d'action a toute latitude d'abréger la durée de son attente, d'accélérer les opérations laborieuses, de bien diriger le temps; le fait-du-futur (oserons-nous dire : la futurité ?) ne dépend pas de lui, mais les modalités du futur dépendent de ses entreprises. Et de même, s'il ne peut annuler le passé, il peut du moins en réparer les suites empiriques, en effacer les conséquences physiques, en faire oublier les résultats matériels; s'il ne peut faire que le *factum* soit *infectum*, il peut faire *comme si*, et revenir en apparence au *statu quo ante;* le repentir, s'il ne peut niveler le *fecisse*, autrement dit, nihiliser le fait-d'avoir-fait, peut du moins en effacer les traces et tenir pour nul le temps advenu. Les contradictoires, qui refusaient de coexister, acceptent de se succéder, et l'espérance reprend ses droits. La temporalité est notre destin, mais le temps vide est la docile carrière de nos œuvres et la dimension du méliorisme indéfini. La temporalité destinale est notre désespoir, mais le temps est notre espérance. *Mors certa, hora incerta.* Et c'est ce mixte d'espoir et de désespérance qui rend la vie à peu près supportable; grâce à l'incertaine certitude et à l'impossible possibilité qui nous menacent en nous rassurant, nous continuons, cahin-caha, à œuvrer et à entreprendre. — Personne jamais ne pourra ni ne peut pouvoir : telle est la formule de l'impossible. Et voici maintenant les formules d'un pouvoir de moins en moins limité : personne ne peut maintenant, mais quelqu'un (ou tout le monde) pourra plus tard; je ne peux pas, moi, mais un autre peut dès maintenant; je ne peux pas encore, mais je pourrai tout à l'heure. En ce cas, il n'y a qu'une seule chose au monde que je puisse séance tenante, et à volonté, et cette chose est justement le vouloir! On comprend de la sorte que la bonté d'une bonne volonté soit une évidence absolument sans appel et que l'obligation de bien vouloir résulte pour nous d'un impératif catégorique, comme l'interdiction de mal vouloir résulte d'un prohibitif catégorique; la mauvaise volonté est mauvaise parce que mauvaise, et la faute n'est rien d'autre que la volonté de ce mauvais vouloir, ou l'expresse nolonté du bon vouloir. La bienveillance à son tour est la volonté de la bonne volonté, c'est-à-dire la bonne volonté tout court : aussi est-elle absolument exigible! Ce n'est donc pas la chose voulue qui est le bien ou le mal : mais c'est la volonté prévenante et c'est l'adverbe de sa manière qui fondent inconditionnellement le refus injustifiable et l'impératif insondable.

2. LE VOULOIR VOULOIR. — Le vouloir ne peut donc se déduire d'un pouvoir-vouloir qui le rendrait possible; mais il ne peut davantage s'induire d'un vouloir secondaire dont il serait la volonté ou qui serait voulu par lui... Une pareille dialectique n'est-elle pas vouée à la tautologie la plus stagnante et la plus bégayante ? Pour vouloir, il faut le vouloir; et pour vouloir vouloir il faut encore le vouloir, c'est-à-dire vouloir ce vouloir de vouloir, *et ita in infinitum*, comme Leibniz lui-même le dit de Dieu un jour où, cessant de s'arrêter au *perfectissimum* qui est la raison suprême et le dernier mot du choix divin, il semble accepter la régression à l'infini dans l'insondable de l'arbitraire divin : *Vult velle eligere perfectissimum, et vult voluntatem volendi, ... et decrevit decernere*[1]. L'intelligence qui cherche régressivement et analytiquement le cœur de la volonté remonte ainsi de *Velle* en *Velle velle* et n'atteint pas plus la cime de la volonté que les maçons de Babel n'atteignirent le zénith du firmament; ou, si l'on préfère l'image de la profondeur à celle de la hauteur : l'intelligence qui veut descendre au fond de l'abîme sans fond titube et se sent prise de vertige devant l'insondable; renvoyé de vouloir en vouloir de vouloir et s'embrouillant lui-même dans ces dédoublements infinis et cette infime désagrégation du *Velle velle*, le dialecticien balbutie comme balbutie le raisonnement devant l'*Ungrund* abyssal qui dit le premier *Fiat* de la création. « Il me plaît qu'il me plaise[2]... » : ainsi parle Jules Lequier. Certes le vouloir paraît se prêter au même dédoublement infini qui fait toute l'agilité de l'*idea ideae* et de la conscience en général : encore faudrait-il distinguer entre la liberté proprement dite et la décision déjà décidée; comme pouvoir-faire-autrement et innovation imprévisible, la liberté

1. *Textes inédits*, I, p. 302 (Réflexions sur Bellarmin) (Grua).
2. Jules Lequier, *Le Problème de la science*, IIIe partie.

s'identifie à la prise de conscience, qui est un pouvoir-être-au-delà, qui est une capacité ironique de se soustraire et de se déprendre à l'infini; mais comme décision et commencement arbitraire, la liberté est prospective et progressive : non plus, à l'exemple de la conscience, subtilisation infinie, mais initiative drastique, option ingénue et position aveugle de quelque chose. La réflexion régressive actualise les divisions virtuelles qui sommeillent, latentes, dans la masse du vouloir, et qui le menacent soit d'indifférence, soit de détermination infinie, comme elle actualise les stations virtuelles qui ne sont, dans la continuité de la motion, que des possibilités d'arrêt : l'option proversive, semblable à la motion d'Achille, avale d'un seul coup toutes ces divisions. Cette négation de la conscience infinie dans un choix tranchant, n'est-ce pas la liberté même, sous son aspect le plus contradictoire ? Qu'on envisage la liberté comme ouverture ou comme clôture, la dialectique régressive dans les deux cas avoue son impuissance : tantôt elle court à la poursuite d'un futur toujours imprévisible, tantôt elle s'essouffle à assigner l'instant décisif du vouloir... Car s'il y a raffinement véritable à compliquer les exposants de la conscience de conscience, il n'y a que finasserie à dédoubler indéfiniment la volonté de la volonté : cette approche asymptotique du prime vouloir peut-elle finir autrement que par un soudain passage à la limite ? A ce compte, mieux eût valu commencer d'emblée là où la dialectique tôt ou tard aboutit après avoir perdu beaucoup de temps : car il faut bien s'arrêter! La volonté voulante ne peut plus être transformée à son tour en chose voulue : la volition efficace ne se laisse plus dissoudre par les scrupules zénoniens ni paralyser, comme l'Achille éléatique, par les apories. Comme le sorite lui-même cesse d'être problématique pour devenir sophistique quand on méconnaît l'efficacité de la mutation qualitative, ainsi l'initiative du vouloir reste floue quand on la décompose en éléments et quand on lui applique le schème de la divisibilité à l'infini. Les apories éléates et les sophismes mégariques qui rendent inintelligibles la réussite du mouvement et l'évidence du changement provenaient d'une fièvre dialectique; et de même le fendillement du vouloir tient à une vraie maladie du doute, à une sorte d'aboulie dont les symptômes sont l'incapacité d'*oser* ou d'entreprendre, l'impuissance et en définitive le manque de courage : car la divisibilité à l'infini des dialecticiens sert souvent d'alibi à une timidité dissolvante qui est elle-même l'incognito du machiavélisme et l'alibi de l'arrière-mauvaise-volonté suspecte... En fait, comme l'Achille non pas de l'éristique, mais de la vie réelle, ne fait qu'une bouchée des apories de Zénon, ainsi le sain vouloir gobe en un éclair tous les vouloirs de vouloir démultipliés de la dialectique pulvérisante. Le vouloir bien portant, le vouloir simple et indivis qui n'a pas perdu la fonction du commencement, ce vouloir, résistant à toute désagrégation, commence par vouloir, c'est-à-dire commence par finir ou finit en commençant, sa besogne de vouloir étant aussi vite terminée que commencée. Du vouloir on peut dire comme de la charité : sans lui rien ne commence, grâce à lui tout aboutit! Pressée de dire ses raisons, la volonté immotivée, la volonté *causa sui* ne peut que répondre, comme l'amour, par la question elle-même : *voluit quia voluit velle*..., écrit Leibniz lorsque, pour une fois, il envisage en Dieu le pouvoir, non pas de vouloir sagement, mais de vouloir volontairement. On dira sans doute que ce n'est pas une raison... Mais si l'absence de raisons était précisément la raison ? On dira sans doute que ce n'est pas une réponse... Mais c'est peut-être qu'il n'y avait pas de question ? Tel est du moins l'avis de Jules Lequier. Déjà Diotime de Mantinée, disant : « C'en est fini de répondre », τέλος δοκεῖ ἔχειν ἡ ἀπόκρισις, devinait que lorsqu'il s'agit d'un impératif catégorique le parce-que est forcément la réédition du pourquoi [1]. On ne sait que répondre, mais on marche, proteste Achille, et il dépasse en fait la tortue, puisque aussi bien c'est le mouvement lui-même qui est la réponse. *A fortiori* la création, étant par définition même sans préexistence ni motifs, a-t-elle à donner ses raisons ? L'aséité d'un vouloir prévenant tarit à la source même toute dialectique régressive. Dans son mémoire de 1839 sur le Libre arbitre, Schopenhauer précise que la liberté n'est pas de faire ce qu'on veut (car on peut être métaphysiquement libre sans faire), mais de vouloir ce qu'on veut, et de vouloir ce qu'on veut vouloir, et ainsi à l'infini, c'est-à-dire à la limite : de vouloir, tout simplement! Disons-le à notre tour : si, en avant-dernière analyse, la régression à l'infini se recourbe et devient pétition de principe ou étiologie circulaire, en dernière comme en toute première analyse l'étiologie cir-

1. Platon, *Le Banquet*, 205 *a* (où il s'agit du bonheur) : οὐκέτι προσδεῖ ἐρέσθαι ἵνα τί... Cf. J. Lequier, *Le Problème de la science*, IIIe partie.

culaire elle-même s'aiguise et se ponctualise et devient tautologie; la réciprocité contradictoire du diallèle, bouclant la boucle, fait de la causalité rectiligne un cercle, mais le cercle lui-même se concentre en son centre; un cercle qui ne se réduirait pas finalement au point instantané de la décision n'est qu'un cercle vicieux : tel est le sophisme de la mauvaise foi prétextant le déficit de son pouvoir; mais en réalité elle ne peut pas parce qu'elle est de mauvaise volonté; telle la comédie du choix chez celui qui se place furtivement dans des conditions où la décision deviendra inévitable. La décision, en fait, devançait la délibération, comme dans les plaidoyers... Il n'y a de cercle sain que celui de la *causa sui* finalement concentrée au point focal de l'initiative prévenante. Dans l'instant éclair de la décision coïncident l'oméga et l'alpha, le pouvoir-vouloir et le vouloir, le vouloir et les innombrables vouloir-vouloir dédoublés, redoublés, émoussés par une analyse scrupuleuse et pointilliste : au pointillisme de la finasserie dialectique, qui coupe les cheveux en quatre et le vouloir en petits morceaux, succède l'esprit de finesse du « ponctualisme » qui vise l'unique et simple ipséité du libre arbitre. Tel est ce point intensif où se contracte, selon Bergson, la multiplicité extensive des parties et qui est à la fois le centre rayonnant de l'organisation et la visée très délicate de l'intuition... Le centre, dit Plotin parlant de l'Un, est le père du cercle. Gnostique ou drastique, ce point à l'infini qui n'est presque rien, qui donc est tout, qui a le maximum de force pour le minimum de volume, ne désigne-t-il pas la cime de l'âme ? Le superlatif catégorique dont le nom est liberté, superlatif à la fois principiel et terminal, ne peut être atteint que par tangence instantanée et soudain passage à la limite : car pour un véritable extrémisme et un véritable maximalisme métaphysique le comble du vouloir n'est jamais qu'une très fine pointe. Dans cette optique le vouloir vouloir s'effile et devient vouloir : à la place d'un *Velle velle* où le vouloir voulant se différencie du vouloir voulu, où le second vouloir dépendant du premier, voulu par le premier, n'est plus qu'une activité quelconque, comme Désirer, ou une opération expresse, technique et spécialisée, comme Patiner, Jouer du violon, Faire ceci et cela, voici le *Velle* tout court, le vouloir considéré absolument, purement et simplement. *Simplement*, c'est-à-dire sans plis ni complications de conscience : dans la naïveté d'une décision indivisible, tous les dédoublements se sont condensés d'un seul coup;

et c'est peu de comparer cette simplicité suprême à la concentration du cercle, alors que l'initiative du vouloir ne résulte même pas d'un recueillement progressif. *Purement*, c'est-à-dire sans mélange : le pur vouloir est pur dans le même sens maximaliste et hyperbolique que le pur amour selon Fénelon; cette *pura et nuda voluntas*, cet extrême concentré de volonté, est une limite que l'étiologie déterministe, expliquant toute nouveauté par ses antécédents et toute décision par ses motifs, ne peut rationnellement interpréter. *Absolument*, c'est-à-dire sans délais ni réserves, sans atermoiements ni distinguo : la sincère volonté ne cherche pas des prétextes pour ajourner sa décision, mais elle veut à la minute même et séance tenante; et elle veut, d'autre part, d'un vouloir inconditionnel et anhypothétique qui ne pose pas de conditions ni ne fait de restrictions, qui ne dit pas, comme l'amour intéressé ou la mauvaise volonté velléitaire : *Hactenus!* jusqu'ici, mais pas plus loin!... Celui qui veut jusqu'à un certain point seulement veut sans vouloir, donc ne veut pas. Après cela, inutile d'ajouter que le vouloir pur et nu n'« ergote » jamais — car il ne dit jamais *ergo :* ce serait en effet confondre la décision, qui commence toujours par elle-même, avec la conclusion d'un syllogisme, avec l'aboutissement forcé d'un raisonnement. Aux antipodes de toute nécessité, fût-ce une nécessité rationnelle et transparente, la volonté de vouloir, à la fois initiale et terminale, reste toujours arbitraire et mystérieuse par quelque côté, et d'abord dans sa source.

3. EXTASE ET INTIMITÉ. — Nature équivoque et d'autant plus déroutante qu'il est à la fois notre « nature » et ce par quoi nous transcendons cette nature en la voulant, le libre arbitre ne se laisse pas définir, sinon par des couples de caractères contradictoires. Indiquons trois de ces antinomies. Le vouloir nu, le vouloir pur et simple, veut en même temps un voulu, qui est quelque chose d'autre hors du vouloir. Dire qu'il y a un *fiat* absolu, et que ce *fiat* est le vouloir lui-même considéré en lui-même, ne revient nullement à dire : la volonté est intransitive! Le vouloir pur est pur, non seulement parce qu'il est l'origine radicalement fondatrice et la limite métempirique de toute continuation empirique, parce qu'il est le point décisif en toute décision, mais encore parce qu'il est, comme le pur amour fénelonien ou la bonne volonté kantienne le sont à l'égard d'autrui, absolument

« désintéressé » de soi, c'est-à-dire extatiquement, exhaustivement, intégralement déversé dans son objet. On a beau se représenter le vouloir comme un superlatif ponctuel : il n'est de vouloir sincère, sérieux et passionné que le vouloir intentionnellement dirigé vers son voulu. L'acte volitif, remarque Schopenhauer[1], vise toujours un « quelque chose ». Étant essentiellement transitif, le vouloir purissime qui est véritable bonne volonté ou bienveillance extatique refuse décidément toute circularité : il exclut à la fois la voluminosité et le principe de la clôture, l'existence spatiale et l'arrondissement de la complaisance; d'une part il est cercle réduit à un point ou sphère concentrée en son centre, presque-rien sans dimensions; d'autre part il est le point-origine d'une extase dont le voulu est la fin, le principe d'une ouverture, qui résiste à la tentation du tournoiement et du recourbement, donc au narcissisme et à l'adoration de soi.

1° Vouloir « tout court », ce n'est nullement vouloir en général, sans rien vouloir de déterminé, de particulier ni de présent : ce vouloir en soi est un vouloir en l'air qui ressemble à une attitude esthétique plutôt qu'à un rapport éthique. Une telle volonté n'est-elle pas indiscernable de la nolonté ou même de l'aboulie ? Comme l'amour n'est qu'une figure de rhétorique s'il n'implique pas quelqu'un à aimer, ainsi le vouloir n'est qu'une galéjade sans le complément direct de la chose voulue. Celui qui veut en général sans pouvoir dire ce qu'il veut, celui qui aime en général sans pouvoir dire le nom de l'aimée, et qui prétend aimer le genre humain ou les galaxies, celui qui espère sans rien espérer en particulier, tous les trois manquent de sincérité et sont dupes des mots. Vouloir en général, c'est ne rien vouloir. Le néant de toute détermination n'est même pas une nolonté expresse... Plutôt une aboulie! Car il y a un monde entre *ne pas vouloir* et vouloir *ne pas*, entre la plate et informe négativité et le refus tranchant. Le vouloir qui n'a pas de contenu à vouloir meurt simplement de misère et d'inanition.

2° Ce qui revient au même : le vouloir vide de toute substance ingurgite un objet artificiel s'il se veut lui-même comme vouloir : il est alors purement verbal. Il ingurgite du vent. Le vouloir du vouloir

1. *Preisschrift über die Freiheit des Willens*, II, p. 393 (Grisebach).

est un vouloir maniaque, malade d'impuissance et d'aérophagie. Or vouloir n'est pas davantage se vouloir ; et quand on dit « se vouloir», il ne faut pas comprendre non plus : vouloir son propre ego : car telle est la définition de l'égoïsme vulgaire; le moi ne vise dans son propre soi qu'une caricature d'intentionnalité; l'*allos autos* de la philautie n'est pas plus une altérité que ma propre image dans un miroir n'est l'extériorité. L'ego n'est jamais vraiment un autre pour lui-même. De même que la volonté du voulu ne se confond pas nécessairement avec la charité, ni avec l'altruisme, ainsi la volonté de la volonté ne se confond pas avec la philautie. Ce qui, abstraction faite de tout jugement de valeur, s'oppose d'abord au vouloir transitif, c'est le monstre d'un vouloir réfléchi : se vouloir voulant ou vouloir son propre vouloir est en effet une occupation encore bien plus vaine et absurde que de vouloir vouloir; car vouloir vouloir, autrement dit vouloir avec exposant, vouloir à la deuxième puissance, implique un report indéfini du voulu; le vouloir du vouloir, au contraire, cumule en lui-même la double fonction du voulu et du voulant. Le pur vouloir, lui, est un vouloir purement voulant. Le vouloir se cause lui-même; mais cela ne signifie pas que, renouvelant l'erreur de Narcisse, il se veuille lui-même : car la *causa sui* n'est qu'une transcription étiologique pour le surgissement spontané et le commencement *ex nihilo*, qui sont des miracles transcendant toute causalité. C'est abuser du vouloir que de l'employer à se vouloir. On peut admettre un savoir du savoir qui soit réellement un savoir, s'il est vrai que le dédoublement dans le miroir de la réflexion correspond à une vocation toute spéculative : encore conviendrait-il de préciser qu'un tel savoir, dans la mesure où il est savoir de la science ou connaissance des conditions de la connaissance, est encore savoir d'un ἕτερον ou, comme dit Platon, ἄλλου τινὸς ἐπιστήμη, et non ἑαυτῆς ἐπιστήμη, comme le vouloir d'une volonté énergique ou d'un caractère volontaire est encore le vouloir d'un voulu déterminé. Plus généralement, le *Charmide* nous rappelle que toute technique produit une œuvre (ἔργον) distincte d'elle-même, que toute sensation, affection, appétition ou opinion s'appliquent à un objet transcendant : par exemple, le désir ne désire pas le désir, mais le plaisir; la crainte n'a pas peur de la crainte, mais du danger; et l'espérance n'espère pas l'espérance, mais d'heureux lendemains : aussi la volonté veut-elle le bien (ἀγαθόν)[1], qui est son voulu spécifique, comme l'amour aime le beau (καλόν), comme la vue voit la couleur ou comme l'ouïe entend le son. Une vue qui se voit elle-même n'est-elle pas un non-sens (ἄτοπον) ? Toutefois, Socrate a peut-être tort d'invoquer ici le principe de contradiction, d'abord parce qu'un libre vouloir créateur est, comme commencement absolu, au-delà de toute contradiction, ensuite parce que l'idée d'un point indivisible, qui est en même temps position transitive d'autre chose, est apparemment bien plus contradictoire encore que ne le serait le monstre d'un vouloir de soi : ce point est le *punctum saliens*, le cœur palpitant de la décision. D'autre part, on peut concevoir une peur de la peur qui serait angoisse et, en général, un sentiment du sentiment, ou ressentiment, sentiment secondaire dont l'objet serait à la fois quelque chose et rien. L'amour lui-même, qui selon la parole de Fénelon n'est pas fait pour « aimer », mais pour l' « aimé », l'amour peut être dans certains cas la vague anticipation divinatoire d'un objet absent ou inexistant : l'*amare amabam* comme disposition affective ou réceptivité passionnelle retrouverait peut-être ainsi un sens assez plausible. Seul, décidément, le vouloir n'est rien, absolument rien, s'il met entre parenthèses l'objet lointain, futur ou possible vers lequel il est tendu, soit pour le rapprocher, soit pour le faire être. C'est déjà contredire l'intention aimante que d'aimer l'amour à la place de l'aimé, comme il peut être contre nature (quoique non pas contradictoire) d'aimer son propre ego. L'*aimer d'aimer* augustinien est sans doute une exaltation vide, une ivresse passionnelle sans objet, une *Schwärmerei* fantasmatique. Albertine, aimée imaginaire et symbolique, n'est sans doute chez Proust qu'un prétexte de l'amour... A plus forte raison une volonté qui se veut elle-même est-elle une farce! Une volonté qui fait semblant! La volonté est désintéressée en ce sens qu'elle est tension irréversible vers le voulu, elle n'est pas désintéressée en ce sens qu'elle voudrait pour vouloir... Le voulu est la raison d'être d'une intention sincère, comme il est la preuve même de notre sérieux : le vouloir ne nous a pas été donné pour oublier le voulu en voulant le vouloir lui-même, mais pour oublier ce vouloir lui-même en nous abîmant, d'une perdition extatique, dans l'altérité du voulu. Mais peut-être n'avons-

1. Sur la βούλησις : *Charmide*, 167 *e*.

nous pas assez distingué entre le vouloir *du* vouloir et le vouloir vouloir. *Vouloir le vouloir* est une étrange aberration et un transfert contre nature qui détourne la volonté de son objet primaire. Mais le *vouloir vouloir ?* ne serait-ce pas là, dans certains cas, le mystère insaisissable de la liberté ?

3° La troisième forme de velléité dont nous avons à différencier le pur vouloir peut passer pour une mobilisation de la précédente, à moins que la précédente ne soit elle-même une complaisance de celle-ci. Après la velléité du vouloir *de* vouloir, voici en effet la velléité du vouloir vouloir... C'est qu'il y a trois manières d'éluder le voulu : la première étant de ne rien vouloir du tout, la seconde, de vouloir, circulairement, son propre vouloir, et la troisième, de repousser à l'infini le voulu. Plus que le vouloir de soi circulaire, le vouloir vouloir par subtilisation, report indéfini et segmentation frénétique semble faire honneur à l'objet et au dynamisme transitif de la volition. Pourtant le vouloir vouloir est pratiquement difficile à distinguer du vouloir-de-soi, car s'il a bien son autre, son ἕτερον hors de soi, cet ἕτερον se trouve rejeté à l'horizon d'une régression rectiligne : aussi le vouloir vouloir, faute d'un objet présent à la portée de la main, est-il tenté de se contempler lui-même. Le vouloir vouloir est donc à peine plus « voulant » que le vouloir du vouloir, la fièvre de subdivision à peine moins paralysante que le narcissisme. Vouloir *in abstracto*, vouloir son propre vouloir, vouloir vouloir — en définitive les trois volontés velléitaires ne reviennent-elles pas au même ? Ne sont-elles pas toutes trois de faibles volontés, des volontés inefficaces, des volontés de crocodile, et, par opposition au pur vouloir omnipotent, des volontés impotentes ou (comme le vouloir-de-soi) ventripotentes ? Si le vouloir-de-soi correspond à la réflexion complaisante dans un miroir, le vouloir vouloir correspond plutôt à la réflexion de conscience infinie, celle qui est socratique et brunschvicgienne; et, si la première a pour fonction de savoir son propre savoir, la seconde, renvoyant l'esprit de contenu en contenu sans se poser nulle part, préfère savoir *qu*'elle sait. Or, le vouloir pur-et-simple récuse la conscience de conscience autant que la conscience-de-soi : tandis que la conscience de conscience a, en tant que spéculative, une valeur gnoséologique, le vouloir vouloir, lui, n'est qu'une velléité formelle et un petit vouloir de quatre sous, une volonté pour timides ou fanfarons. Toujours ailleurs, toujours un autre, c'est-à-dire, en somme, toujours plus tard! Car l'éloignement même du voulu revêt la forme temporelle de l'ajournement. Le vouloir vouloir, reculant à l'infini dans l'avenir l'échéance de la décision, et par conséquent de l'exécution, fabrique du temps grâce à ses manœuvres et prétextes dilatoires; le vouloir vouloir est donc principe de temporisation! Le vouloir tout court, qui refuse le délai, n'est-il pas un retour à l'immédiat ? L'improvisation volontaire, objectera-t-on peut-être, fait bon marché en cela du pouvoir de médiation, de prévision et de sursis qui passe généralement pour la marque d'une intelligence civilisée. Or, c'est là confondre l'ordre empirique des moyens avec le tout-autre-ordre métempirique de l'initiative. Les réactions en cours de continuation exigent en effet le moratoire que la cérébration, par ailleurs, nous assure en surmontant le réflexe. La décision elle-même, considérée absolument, est toujours un mystère de soudaineté : mais elle n'exclut pas, et elle implique au contraire l'usage des moyens qui la rapprocheront le plus possible de sa fin... — si du moins elle veut de tout son cœur et avec l'âme entière. C'est le vouloir lui-même qui est instantané; mais le vouloir inaugure, quand il est un sérieux vouloir, l'aménagement d'une économie temporelle que nous imposent notre finitude et les maux nécessaires — et à partir d'ici le vouloir utilisera les combinaisons de l'*ingenium*. Et inversement une volonté est une simple velléité, soit qu'elle n'ait pas connu l'instant du *fiat*, soit qu'elle prétende arriver à ses fins sans passer par les moyens. Car celui qui veut, un point c'est tout, ne veut pas; celui qui prétend vouloir et ne fait rien pour que le voulu advienne et pour que l'entreprise réussisse, ne veut pas. Il *souhaite* le succès, mais il *veut* l'échec. C'est dans l'ordre de la médiation que la volonté de l'immédiat est une mauvaise volonté, et c'est dans l'ordre de l'immédiat que l'aménagement temporel est une subvolonté machiavélique d'ajournement et un alibi de l'esprit d'atermoiement. L'intuition bergsonienne, par-dessus la tête du discours, nous ramène à une immédiateté qui n'est pourtant pas celle de la perception vulgaire : et de même le soudain vouloir, par-delà les entreprises laborieuses de la continuation, nous ramène à un immédiat qui n'est plus celui du réflexe. La volonté immédiate est (à condition d'être sincère) la volonté passionnée de la nécessaire médiation — de la médiation qui nous donnera les moyens d'aboutir le plus vite possible, le plus tôt possible, le plus sûrement possible, compte tenu des circonstances, de l'inertie et du mal nécessaire. Ne retrouvons-nous pas là, sous une autre forme, l'antinomie de la ponctualité et de la transitivité ? La volonté ne veut les moyens lointains que parce qu'elle est le vouloir du voulu prochain : et par « prochain » il faut entendre la chose la plus proche, au sens du superlatif *proximum*, celle qui est voulue d'un vouloir immédiat et sans interposition d'un autre vouloir dédoublé du premier. Farceur et fanfaron, celui qui s'engage à s'engager et, fuyant l'engagement tout court parce que l'engagement tout court l'engagerait à quelque chose, se dérobe et fait retraite d'exposant en exposant : son propos n'est pas de s'engager effectivement, mais de conjuguer le verbe s'engager et d'intercaler entre ce propos et le passage à l'acte le plus long délai possible. Fanfaron, et poltron par surcroît, celui qui s'attarde dans les avant-propos et s'éternise dans les préfaces... Le courage n'est-il pas la vertu du pur vouloir à l'extrême limite des avant-postes, c'est-à-dire au contact immédiat du danger et de l'imminente aventure ? Plus d'intermédiaire ni de moyen terme entre ce présent en première ligne et le tout prochain futur, entre l'instant du se-faisant et l'instant en instance ! Notre ruse habituelle est de reconstituer indéfiniment un passage ou une transition à l'intérieur même du vouloir et, en prolongeant ainsi cette introduction à l'introduction, de trouver des excuses à notre réelle aboulie et des prétextes pour ne jamais entrer dans le vif du sujet. Le poltron n'est jamais à court d'alibis et de sophismes quand il s'agit d'ajourner son intervention personnelle, d'aménager un glacis et une zone tampon en deçà du front. Tout plutôt que d'aborder le danger à découvert ! L'analyse réductrice par laquelle nous actualisons la divisibilité virtuelle du vouloir en vouloir vouloir ne dissimule-t-elle pas un certain manque de courage et comme la timidité d'une conscience qui n'ose s'aventurer hors des éternels préambules ? « Nous ne voulons point vouloir, mais faire et avoir », écrit Leibniz dans sa *Conversation sur la Liberté et le Destin*[1], nous choisissons des objets, et non pas notre choix ! Ici l'intentionnalisme de Leibniz semble confirmer celui du *Charmide*. Ici le réalisme et le nominalisme ont trouvé leur langage. Ici s'exprime en effet le nominalisme d'un

1. II, p. 482 (Grua). Cf. Platon, *Charmide*, 167 *e*.

vouloir qui, loin d'être redoublé ou multiplié par lui-même, a toujours sa raison d'être et le test même de sa sincérité dans un *heteron*. Comme l'intuition immédiate coïncide avec l'objet sans savourer elle-même son propre goût, ainsi le vouloir se perd, non point dans un donné encore inexistant, mais dans l'acte extatique par lequel, passionnément, il *fait être* son voulu : fait être, c'est-à-dire rapproche le lointain, étoffe l'insuffisant, présentifie l'absent, actualise le futur. Le mouvement centrifuge du vouloir émane du centre de notre nature, mais il fuit ce centre! En sorte que le pur vouloir ne se réduit pas à je ne sais quelle intimité fantomale cachée dans les profondeurs secrètes de la vie personnelle : l'intériorité qu'il fonde est tangente au monde extérieur, et elle est sinon superficielle, du moins en contact immédiat avec le non-moi social et physique; c'est en ce point en effet que la vie intérieure est le plus proche de l'extériorité sous toutes ses formes, c'est-à-dire proche de l'objet, du présent, de l'autre, et même de la matière. Aussi une volonté entièrement extroversée dans ses tâches est-elle pour ainsi dire vidée de toute vie intime : comme l'action neutralise l'affection et comme l'efférence contrecarre et décharge l'afférence, ainsi toute sensibilité, toute « pathologie », toute ferveur intime sont ici décongestionnées, anesthésiées par un labeur qui accapare notre entière volition. La connaissance, et surtout l'intuition gnostiquement absorbée dans la contemplation d'un donné à décrire vérifient déjà cette insensibilisation. Or, combien plus frappante encore la neutralisation de toute intimité quand l'objet n'est pas une réalité préexistante, mais un devant-être ou un non-être qu'il s'agit de faire être, une chose future, absente, inexistante que nous décidons de poser par effort créateur! L'émanatisme de Plotin décrit par des métaphores, sans pouvoir l'expliquer, ce paradoxe assez semblable au mystère transspatial du Partout-et-Nulle part, analogue aussi à tous les mystères de la théologie négative : que l'Un puisse à la fois demeurer et procéder, s'aliéner et rester en lui-même. Mais la « métaphore » la plus convaincante de ce divin miracle est précisément la volonté de l'homme : l'innocence de la décision drastique, semblable à l'innocence de l'intuition gnostique, ne nous explique pas *comment* l'antilogie est possible, mais elle nous démontre par le fait *que* cette antilogie est possible; semblable à la course d'Achille, qui est la seule preuve éloquente du mouvement, le *fiat* volontaire est en lui-même une suffisante réponse. Schelling dirait peut-être que cette décision est quodditative. C'est assez dire que la liberté, comme zéro de toute détermination, est radicalement transaffective et, par suite, radicalement métapsychologique. Le vouloir vouloir est un phénomène psychologique par sa seule circonstructure et par ses épithètes circonstancielles. La conscience de l'intervalle onctueux et de l'épaisse continuation n'a prise à tout moment que sur des motivations et des déterminations, la détermination étant à la fois particularité représentable et relation nécessaire; une indétermination qui serait neutralité pure ne peut être qu'anempirique. Et, par conséquent, ni la liberté, ni le désintéressement altérocentrique, ni en général les culminations extatiques de la conscience ne sont à proprement parler vécues, observables ou même pensables... Le moindre attardement de la conscience y induit aussitôt le reflux de l'égotropisme, l'onde afférente, la nécessité. Tout ce qui est empirique est « impur » : aussi l'extase de la liberté pure n'est-elle vécue (innocemment vécue, inconsciemment vécue) que dans l'instantanéité d'une grâce toute efférente, grâce évidente sur le moment et de plus en plus douteuse après coup. Notre nature surnaturelle — que ce soit altruisme ou liberté — est donc égoïste ou déterminée par son large fondement psychologique, par sa base descriptible, par tout ce qui en elle se continue et s'éprouve, mais elle est métempirique par son *acumen* ponctuel. La volonté de vouloir n'est « vécue » que dans l'éclair instantané d'une expérience métaphysique, c'est-à-dire d'une entrevision.

4. Œcuménicité et intimité. — Le vouloir n'est pas seulement l'antinomie de l'extase et de l'intimité, il est à la fois intime et encyclique : chacun veut par-devers soi et quant à soi, et pourtant ce bien de chacun est aussi le bien de tous, car la volonté ne comporte ni privilèges inégalisants ni cléricature exclusiviste; à l'antipode de tout esthétisme aristocratique, l'éthique institue la démocratie des bonnes volontés : et c'est peu de dire que la bonne volonté est, comme le bon sens, la chose du monde la mieux partagée, vu que la possibilité de bien vouloir (à condition qu'on le veuille) est l'universellement humain par excellence. Autant dire que le *Posse* de ce *Velle* implique un pouvoir par simple manière de parler : qui dit pouvoir dit en effet

possibilité d'impotence; on peut ne pas pouvoir, on ne peut pas tout (c'est-à-dire : on ne peut que jusqu'à un certain point), tout le monde enfin ne peut pas au même degré; car si on n'apprend pas à vouloir, on apprend certes à pouvoir! Plus le talent, c'est-à-dire la forme technique du pouvoir-faire, est hautement qualifié, plus minoritaire est l'élite qui le détient. On peut dire à cet égard que l'omnipotence, limite maximale de la toute-puissance, est une divine contradiction et un mystère d'immensité tout comme la docte nescience, la *causa sui* ou la νόησις νοήσεως : car, de même que l'omniscience est une manière spéculative de se représenter la gnose et l'intuition divines, lesquelles sont absolument au-delà des catégories du connaître, et d'un tout autre ordre, et se ramènent aussi bien à une docte ignorance, de même que l'omniprésence est une manière locale de se représenter l'absolu transspatial, de même l'omnipotence est une façon de parler le langage de la potentialité pour le créateur des existences et des essences; celui-ci fait être l'inexistant par le seul fait de le vouloir et, d'un mot, pose l'impossible comme possible. Il lui suffit, pour cela, de prononcer le monosyllabe magique *Fiat* et de froncer les sourcils. Il dit : « Devienne la lumière! devienne l'existence! » Sans s'adresser à personne, donc intransitivement, puisque l'existence n'existe pas encore! En l'homme le savoir est nécessairement gradué, le pouvoir nécessairement rationné : l'homme rampe mètre par mètre, apprend goutte à goutte, ânonne ses leçons syllabe par syllabe, acquiert par petites doses. Le vouloir est le seul pouvoir dans l'exercice duquel la créature est restée créatrice; tandis que, partout ailleurs, la créature épèle son savoir et son pouvoir laborieusement, elle a conservé, en tant qu'elle veut, l'instantanéité de la toute-puissance et l'ubiquité de la toute-présence. Quand on ne peut pas, ce n'est pas faute de le vouloir, mais c'est en raison de notre débilité congénitale, laquelle est un destin prédestiné ou un donné prédéterminé; tandis que, si on ne veut pas, ce n'est pas qu'on ne le peut pas (car tous ici peuvent tout), c'est derechef qu'on ne le veut pas : aussi la volition est-elle le seul talent qui engage dans tous les cas la responsabilité du libre arbitre. Ce bien de tous et de chacun n'est pas un patrimoine universellement partagé en parts égales entre tous les participants, ni, comme chez Épictète, une étincelle détachée du feu divin, ni le fragment d'une masse commune, ni davantage un concept générique :

mais il est en chaque créature un absolu indivisé, en chaque demi-dieu une liberté semi-divine; la liberté n'est pas une hypostase, mais un pouvoir à la fois identique chez tous et irréductiblement personnel en chaque ipséité. Cette contradiction n'est-elle pas le mystère même du Nous, c'est-à-dire de la première personne au pluriel ? Car si le « grand Ego » est un monstre, le Nous, personne chorale ou conciliaire, est une radio-activité du Je, et chaque Je (comprenne qui pourra!) en est le centre... Dans ce paradoxe d'une communauté monadologique, où chacun est le même que nous tous et personnellement engagé quant à soi dans ce monde décousu des monades, lisons enfin un autre mystère plus indicible encore, plus radical et plus irrationnel; lisons le mystère de l'Absolu plural. La coexistence et la concurrence des personnes, étant l'absolu au pluriel, fonde aussi bien le mal de la guerre que le miracle de la communion. Nous disions ceci : le bien de tous-et-chacun, « notre » bien, n'est pas un fardeau portatif dont l'un puisse se décharger sur l'autre, mais une responsabilité qui personnellement m'incombe; nul ne peut me relayer. Si le fardeau était impersonnel, n'importe quelle paire d'épaules ferait aussi bien l'affaire — car tout porteur en vaut un autre : mais comme chaque liberté, considérée respectivement et distributivement dans chaque ipséité, est un absolu pour soi et par-devers soi, la responsabilité de cette liberté n'est pas un avoir ou dépôt dont j'aurais la garde, mais elle est l'essence même de mon être, laquelle est égale chez tous par sa dignité et incomparable en chacun; étant l'haeccéité de la monade en ce que celle-ci a de plus essentiel, il faut la regarder comme inaliénable et radicalement incessible. L'inexplicable fardeau apparaît contradictoirement comme un « privilège œcuménique ». L'antinomie de l'œcuménicité et de l'intimité est donc résolue en fait et par le fait comme l'antinomie de l'extase et du for intime.

5. LA DIFFICULTÉ FACILE. — Le vouloir n'est pas seulement l'antinomie de la pure intériorité et de l'extase, de l'intimité et de l'unanimité, il est encore la fine pointe de la difficulté facile. Vouloir, étant à la plénière discrétion d'une liberté autocratique, est la chose du monde la plus simple, la plus instantanée et la plus bête; plus facile que respirer; plus bête que bonjour et bonsoir... *Nihil tam in nostra potestate quam ipsa voluntas est*, dit saint Augustin dans un passage

du *De libero arbitrio* un peu frotté de pélagianisme; *ea enim prorsus nullo intervallo mox ut volumus praesto est.* Aussi *voluntate velle* est-il un pléonasme et un truisme qu'il y aurait non-sens à contredire. *Quid enim tam in voluntate quam ipsa voluntas sita est ?* interroge ailleurs saint Augustin [1]. Et nous dirons à notre tour : vouloir ne coûte que la peine de vouloir; et cette peine n'est absolument pas une « peine », au sens où πόνος impliquerait le labeur graduel, la pénibilité discursive, la distance du résultat. *Velle solum opus est!* Autrement dit : pour vouloir il suffit de le vouloir, ce qui dépend entièrement de nous et ne dépend que de nous. Vouloir n'exige ni transpiration ni effort d'aucune sorte; pas de poids à soulever, pas de fatigue musculaire; zéro au dynamomètre! Vouloir est-il chose facile pour autant ? C'est que l'antithèse de la facilité et de la difficulté peut avoir deux sens absolument différents. Si la difficulté est ce qui exige le déploiement d'un effort contre la résistance de la matière, la traversée difficultueuse et raboteuse des moyens termes, la pénibilité de la continuation et de la contention, la douleur et la médiation temporelle, alors décidément vouloir est la chose facile par excellence, facile entre toutes les choses faciles! Et le mot magique de l'instantané est encore laborieux auprès de ce branle fugitif, de ce tressaillement imperceptible qui a nom décision : car l'apprenti magicien peut oublier le mot, à la manière dont on oublie le chiffre d'un coffre-fort ou le mot de passe; mais le vouloir, comme il n'est pas un savoir ou pouvoir qu'il faille apprendre *(velle non discitur!)*, n'est pas davantage un souvenir qu'il faille se rappeler par mnémotechnique expresse. S'il n'y a d'effort que l'effort de l'intervalle, celui par lequel l'ascète fait l'exercice de la pénitence ou par lequel l'athlète serre les dents, bande ses muscles, s'arc-boute contre les résistances, lutte en corps à corps contre un autre athlète, alors, non, vouloir n'est pas un travail! Faire du vouloir une force qui tendrait ses ressorts dans un duel contre la force adverse, c'est être dupe des métaphores et des analogies. La décision qui implique le courage de commencer, mais non point la patience de continuer ni l'endurance pour durer la durée, cette décision soudaine n'est du tout un travail... Or il est une tout autre difficulté, difficulté surnaturelle et mystérieuse celle-là, qui est la difficulté de l'instantané,

1. *De libero arbitrio*, III, 3, 7. Cf. I, 12, 26.

difficulté impalpable où ni le pluriel des « difficultés » empiriques ni l'accumulation des obstacles physiques n'ont la moindre part; cette suprême difficulté dans l'extrême facilité, c'est la difficulté de commencer. A partir d'ici c'est le plus facile qui est le plus difficile, le plus redoutablement difficile! Physiologistes et physiciens expliqueront peut-être la difficulté du commencement en termes de continuation ; ils invoquent la dépense maximale d'énergie qui serait nécessaire pour le démarrage; qu'il s'agisse de locomotion ou de travail musculaire, le plus coûteux est toujours de « s'y mettre »... Mais ces départs ou recommencements sont encore des commencements relatifs dans une continuation hérissée d'obstacles, freinée par l'inertie, contrecarrée par la pesanteur. En deçà de tout démarrage empirique, le commencement intelligible ou, comme on est tenté de dire par pléonasme, la décision-de-vouloir récuse le langage continuationniste de l'énergétique. Si la difficulté de continuer est la difficulté de soutenir un effort et la peine spécifique que nous coûte la conservation, la difficulté de commencer, à son tour, est l'angoisse immotivée, inexplicable de la création et le vertige de l'initiative novatrice : cette peine qui n'implique ni fatigue ni contention est aussi sans causes... Tandis que le dévouement empirique, faisant des réserves, surmontant des résistances, est pénible, laborieux et coûteux, le sacrifice hyperbolique, lui, ne coûte plus rien : le héros qui fait le sacrifice infini de tout son être, et qui en mourra, développe moins d'efforts que le citoyen zélé de l'intervalle! Et comment pourrait-il en coûter de vouloir, alors que rien physiquement ne nous en empêche, et que chacun a pour cela tous les moyens nécessaires, alors que le vouloir crée rétrospectivement, en voulant, les moyens de sa propre effectivité ? Veuillez d'abord vouloir (ce qui ne dépend que de vous), et tout le reste viendra par surcroît! C'est ici la pure bonne volonté du vouloir qui est reprise dans son dénudement, dans sa responsabilité et dans son extrême solitude. A la pointe aiguë de l'avant-garde le vouloir inchoatif, le vouloir inaugural, se confond avec le *courage* aveugle. Le courage ferme les yeux et s'élance dans la nuit. Si angoissante est cette difficulté facile du commencement que nous créons, par machiavélisme, des difficultés empiriques et des obstacles physiques pour être dispensés du devoir le plus facile et le plus instantané de tous : pour n'avoir pas à vouloir! Les inégalités dans le pouvoir de vouloir, qui semblent tenir au caractère, affectent le seul vouloir empirique — car ce dernier est en lutte contre les passions et les instincts du corps, lequel parle plus ou moins haut : selon que le tempérament et la complexion, c'est-à-dire la physiologie, favorisent ou non son effort, accroissent ou non son mérite, l'individu sera volontaire ou aboulique. Mais si les volitions musculaires, dépendant des idiosyncrasies, sont plus ou moins difficiles, le vouloir intelligible de ces volitions est le même chez tous, est chez tous absolu et infini : la moindre réserve en matière de vouloir, un aveu d'impuissance un peu trop empressé sont déjà des indices machiavéliques de mauvaise foi et de mauvaise volonté capitularde! La difficulté paradoxale de commencer, et de commencer sans difficulté, ne peut tenir à la corporalité, résistance ultérieure et obstacle secondaire sur la route de la continuation : car la décision prévenante de vouloir a devancé, nihilisé tous les *impedimenta* empiriques qui peuvent après coup en retarder ou en contrecarrer l'exécution. Certes, la prévision du sacrifice qu'une décision peut coûter à l'ego n'est pas pour rien dans le souci du libre vouloir : mais c'est que le vouloir empirique déteint en fait et rétroactivement sur le pur vouloir-limite. La difficulté facile de commencer, et d'autant plus difficile qu'instantanément et immédiatement résolue (si, de nouveau, je le *veux!*), et d'autant plus facile que toute-puissante est la puissance de vouloir et omnipotent le pouvoir de vouloir, cette difficulté est inhérente à la volonté contraire, et non pas même encore à la volonté *du* contraire, mais à une nolonté immanente agissant comme contre-volonté; cette contre-volonté est la mauvaise volonté intestine et latente de la bonne volonté : volonté du mal s'il s'agit de la bifurcation du devoir et de l'égoïsme, volonté d'autre chose s'il s'agit de possibilités indifférentes ou de valeurs hétérogènes et incomparables. Avant la bifurcation des choix empiriques et la ramification des tendances ou tentations divergentes, il y a l'alternative du vouloir ainsi-ou-autrement, et il y a l'alternative du vouloir ou ne-pas-vouloir, la grande disjonction simpliste du *velle-nolle*, disjonction où le *nolle* lui-même est une forme du *velle*, comme l'abstention elle-même est encore une forme d'option. Cette alternative n'est rien d'autre que la liberté. Or, la nolonté du *nolle* métempirique n'est pas un barrage ou une barricade en travers de la route, ni un obstacle donné qui viendrait à la traverse d'un pouvoir, ni une volonté adverse à vaincre, c'est-à-dire une volonté contrariante, ou une contre-volonté contestant la volonté principale : la nolonté est une difficulté métaphysique; c'est, dans l'ordre éthique, l'ombre de malveillance que projette ici-bas toute bienveillance, ou c'est la tentation de non-vouloir qui, en ce monde d'alternative, donne son relief au vouloir. Il n'y a donc pas lieu d'hypostasier la tentation; la tentation n'est aucunement la force satanique d'un instinct qui tirerait en sens contraire de la bonne volonté dans le couple des forces inverses : appelons plutôt tentation l'intermittence d'une bonne volonté à éclipses, d'une faible volonté, qui est simplement velléité. L'alternative du *velle-nolle* préfigure l' « embarras du choix », c'est-à-dire l'hésitation ou oscillation de l'esprit entre plusieurs possibilités équivalentes, et la confusion où nous retient l'absence de toute préférabilité décisive : à la croisée des éventualités empiriques la conscience éprouve une perplexité empirique, comme lorsqu'il faut choisir entre plusieurs couleurs de tissus. Mais sur le seuil de la disjonction élémentaire du vouloir ou ne-pas-vouloir elle éprouve une perplexité métaphysique qui ressemble plus au vertige et à l'agoraphobie qu'à l'embarras : le principe de cette *aporia*, en effet, n'est pas le riche éventail des nuances entre lesquelles il faut choisir parce qu'on ne peut les cumuler, le principe de cette *aporia* est la contradiction aiguë et tranchante et sommaire du oui-ou-non, du faire ou ne-pas-faire, du faire ainsi-ou-autrement. Après le pluriel esthétique des *choix*, voici donc la grande dualité éthique de *l'option*. C'est la possibilité de l'altérité ou du contradictoire qui jette une ombre sur le vouloir pur, mais c'est elle aussi qui fait du vouloir un « pouvoir-l'un-ou-l'autre », pouvoir où *l'autre* est verso d'un recto et corrélat nécessaire dans une corrélation. Le vouloir en ce sens est bien un pouvoir infini puisqu'il est liberté de choisir arbitrairement, mais en un autre sens il est métaphysiquement limité puisqu'il lui faut choisir de deux choses l'une et que l'impossibilité *a priori* du cumul est sa malédiction constitutionnelle; à condition de rester abstentionniste, le vouloir est disponibilité infinie et pouvoir de survoler tous les possibles; mais il est, dans le choix en acte, renoncement à ne pas vouloir, ou à vouloir autre chose. La richesse infinie dans l'irréalité du virtuel, la réalité dans l'étroitesse — voilà les deux finitudes inverses qui transforment l'alternative en dilemme pour un vouloir tragiquement déchiré. L'initiative, se choisissant elle-même, exclut douloureusement tout ce qu'elle ne choisit pas et refoule dans l'inexistence les autres initiatives qu'elle aurait pu être : comment cette initiative ne serait-elle pas un problème pour soi ? Et comment ce problème, étant de la nature de l'impossible-nécessaire, ne serait-il pas insoluble ? Il est difficile d'être libre! La liberté est donc bien une charge et une responsabilité (car noblesse oblige), mais en tant précisément qu'elle est notre infini pouvoir; les résolutions volontaires de la continuation sont plus ou moins ardues à raison des obstacles qui barrent la route de la liberté. Or la liberté elle-même comme pouvoir du commencement est à soi son propre obstacle; cette liberté qui devance tous les obstacles, scrupules ou calculs extrinsèques, rencontre dans la surabondance même de son pouvoir un obstacle immanent — car ce qui fait notre puissance est aussi ce qui nous empêche : empêche dans l'exercice même de la puissance; ne donne la puissance que dans l'empêchement. Plus tard la volonté persévérera en luttant : mais, à l'article du *fiat*, quand il n'y a pas encore d'ennemi à combattre, l'omnipotent du pur vouloir doit surmonter une difficulté invisible autant qu'impalpable, incompréhensible autant qu'inexplicable, et qui tient toute dans l'angoisse de commencer. La liberté n'est plus libre qui éprouve une seule restriction, fût-elle platonique; la liberté n'est libre qu'infinie comme l'amour n'est aimant qu'illimité... Comment peut-on oser vouloir ?

La difficulté de vouloir sans obstacle ne doit pas être confondue avec la facilité d'être, et pas plus que la facilité difficile avec la facilité facile. En effet, l'être nu, l'être sans faire, étant le tout fait et le tout donné, est l'ennuyeuse facilité par excellence : « Être » n'est-il pas le verbe substantiel de tous les verbes et celui que tous présupposent ? Respirer, Dormir, Attendre, même Durer ou Devenir sont encore des manières d'être complexes auprès de l'être nu, *Esse nudum*, qui est le substrat de toutes ces manières : car l'être nu, étant la plus simple et la plus indéterminée, la plus aisée et la plus générique de toutes les opérations, n'est d'aucune manière une opération : ou bien il faut dire que cette « opération » ontique est inexprimable à force d'être générale et indescriptible à force d'être nue... C'est la seule opération où la technicité est réduite à zéro. Et, puisque être et continuer d'être ne font qu'un, l'être se réduit à la nue continuation de l'intervalle. Même le devenir est déjà un mode d'être, et ce mode implique une qualification naissante, l'irréversibilité par exemple, et le vieillissement, ou l'usure... Entre l'ennuyeuse facilité facile de la continuation pure et l'angoissante facilité difficile du commencement, il y a place pour ce mélange de facilité et de difficulté, pour cette difficulté moyenne, discursive, relative, qui caractérise la continuation meublée ou concrète : car la continuation concrète est un mixte d'instant et d'intervalle; et comme le discours concret implique, d'une part, le radotage, le psittacisme, les formules toutes faites et, d'autre part, l'intuition qui propulse cette phraséologie et lui donne un sens, ainsi l'intervalle garni implique, d'une part, les automatismes habituels qui sont une continuation à peine revêtue de rythmes périodiques et, d'autre part, la relance de l'instant, les recommencements et rebondissements de l'élan créateur, les nouveaux départs; la laborieuse continuation du commencement est donc un cas intermédiaire entre la somnolence de la continuation ontique et l'instantanéité du commencement génial. A l'extrême opposé de la facilité d'être, voici donc la suprême difficulté du vouloir. Les extrêmes, en apparence, se rejoignent par-dessus la tête de l'intervalle garni : pour être, il n'y a rien à *faire*, il n'y a qu'à se donner la peine d'*être*, ce dont le premier imbécile venu, bête comme une huître, est capable; pour être, il suffit de persévérer sans effort dans cette identité de soi à soi, dans cette tautologie ou *tautousie*, dans cette inertie végétative qu'exprime non pas même l'instinct de conservation, mais le cela-va-de-soi de la continuation. L'être n'a besoin pour cela d'aucun effort ou conatus supplémentaire, à plus forte raison d'aucun « élan » vital! Et de même encore : pour dormir il suffit de s'endormir, c'est-à-dire de se laisser aller avec confiance et sans contention ni crispation sur la pente de l'assoupissement : aussi apprend-on à dormir *en le faisant* et indépendamment de toute recette... On dira que pour vouloir aussi il n'y a qu'à vouloir; mais en ce sens seulement que vouloir n'implique aucune recette spéciale, ne suppose aucun apprentissage technique ni aucun secret, n'exige aucun effort laborieux; par ailleurs, au contraire, vouloir est un acte exprès qui ne va nullement de soi et fait saillie sur fond d'être; l'être n'est jamais problématique pour l'homme qui est — car, à quelque moment qu'on l'envisage, il était déjà préexistant, toujours prédonné, toujours présupposé par celui même qui le met en question et dont la seule question préjuge déjà de la réponse. Le vouloir présuppose nécessairement l'être, et en premier lieu l'être substantiel du voulant (quand ce ne serait que pour en nier héroïquement la naturalité dans le sacrifice); mais l'être n'implique pas nécessairement qu'on veuille, ni qu'on fasse; le sujet ontique du vouloir est un être dont l'existence, à tout moment, atteste l'impossibilité de spéculer sur le non-être : certes, l'être est métaphysiquement un dépôt de la position créatrice, et une défaite du Faire, et un Événement encroûté; mais empiriquement il est reçu comme une continuation immémoriale, primaire, toujours préexistante, sur laquelle brochent les efforts de l'intervalle; l'être au repos n'implique en rien un événement qui, comme l'initiative contingente et prévenante ou, pour l'appeler par son nom, la volition, peut advenir ou ne pas advenir. On ne dit de l'événement ni qu'il est ni qu'il n'est pas, mais seulement qu'il arrive ou survient, c'est-à-dire apparaît en disparaissant, naît et meurt dans le même instant; et, bien qu'elle soit en quelque sorte à la portée de la main, et glissante comme le Oui fugitif du consentement, et facile comme le Non instantané du refus, cette occurrence plus fulgurante que l'éclair, plus scintillante et clignotante que l'étincelle vient toujours en supplément de l'être; elle est si peu toute-donnée, elle a tellement besoin d'être expressément posée par l'homme qu'elle fait l'objet d'un devoir et la matière d'une vertu : ce devoir est le devoir de vouloir, cette vertu est le courage de commencer; le vouloir entendant l'appel de ce qui est à faire et à venir au-delà de l'être tout posé, on conçoit que nous le vivions comme une exigence, et une exigence de perpétuel recommencement. Le courage est l'épuisante réaction de l'homme qui se reprend et refuse de somnoler, le sursaut par lequel nous luttons sans trêve contre l'engourdissement irrésistible et contre le ronronnement de la continuation. Le courage de décider n'est-il pas le plus difficile de tous les courages ?

6. L'OMNIPOTENCE. — La volonté qui veut à l'encontre du donné ou des obstacles physiques exige de la force, mais la liberté qui choisit sans nul donné prédonné implique une espèce de violence : non pas, certes, la violence empirique — car celle-ci n'est qu'une faible force, faible et brutale, impuissante et destructive — mais une violence métempirique qui est à la fois par-delà la force et la violence empiriques; d'abord, parce que l'initiative, considérée négativement dans

les grandes options, conversions et réformes radicales, n'est pas sans la rupture violente de la continuation et l'arrachement douloureux aux routines de l'habitude, ensuite, parce qu'elle implique le courage aventureux d'innover. Pour commencer dans le vide et le désert de toute préexistence, pour vouloir *a nihilo*, par création prévenante et décision révolutionnaire, il n'est pas besoin de force : car sur quoi la force ferait-elle effort ? Quelles prises trouverait-elle en face de soi, et dans quelle matière ? Contre quels obstacles sa tension serait-elle appliquée ? La force veut quelque chose à forcer et des forces concurrentes qui la canalisent et, en la rétrécissant, la définissent; la force veut une résistance antagoniste à contraindre, un point d'application sur lequel elle puisse peser... Dans la cloche pneumatique du néant antérieur au *fiat*, seule est possible la violence explosive, la géniale violence qui ne s'appuie sur rien et d'où jaillit la décision. La violence improvisante n'obéit pas au principe conservateur de la mécanique et de l'énergétique, car elle est bien plutôt le miracle d'une invention qui se cause elle-même, se soulève elle-même hors du rien et s'invente elle-même en créant! Aristote nous autorise à penser que l'*aséité* n'est pas un privilège de l'Acte pur, mais qu'elle est d'une certaine manière le miracle quotidien de l'apprentissage et de l'action. La violence du sacrifice héroïque est à l'endurance ce qu'est la crise du remords à la chronique, patiente, laborieuse restauration du repentir : au lieu de progresser *crescendo* du moins au plus, le remords fait coïncider dans un instant le désespoir et la soudaine conversion transfigurante, l'enfer et la grâce de la rédemption, tout comme le vouloir fait coïncider disparition et apparition dans le tout-et-rien d'une étincelle. La violence qui seule nous donne la force de vaincre la difficulté facile de vouloir, et résout ce problème si peu problématique... en voulant, est toute comparable à celle qui, dans l'ordre éthique, nous rend capables, non pas de forcer une force adverse, mais de violenter l'ego paresseux, de nier les suggestions diaboliques, de nier la tentation, de transfigurer la mauvaise volonté en bonne volonté. L'homme tenu de vouloir est tenté de ne pas vouloir. Avant la tentation sensible du désir et de la contre-volonté naturelle, tentation dont l'origine est la « concupiscence », il y a une tentation intelligible inhérente au vertige même de la liberté. Obstacle irritant et insaisissable adversaire! L'homme médusé ne sait contre quoi lutter ou se tendre : la défensive, comme l'offensive, ne trouve devant elle que du vide; et c'est ainsi que la mauvaise volonté machiavélique, désireuse de justifier par avance la capitulation qui la tente, s'invente à elle-même un tentateur professionnel — mal ou démon — pour avoir quelqu'un à accuser. La non-résistance au mal, que Tolstoï prêchait d'une manière un peu expéditive — comme s'il suffisait d'ignorer l'ogre ou de nier platoniquement son existence pour le nihiliser —, retrouve sa vérité profonde quand il s'agit de la jouissance tentatrice : il suffit alors d'opposer à la tentation le refus de tout l'être — et la tentation cesse d'exister. Toutefois, comme la tentation physique prolonge la tentation métempirique, ainsi le travail de médiation et de persévération prolonge la violence immédiate du prime vouloir : l'instant initial de l'intuition continue de palpiter dans le discours, le cœur du commencement continue de battre dans l'intervalle! Et, réciproquement, la douleur de la difficulté empirique étoffe et déjà épaissit la difficulté métaphysique du vouloir. C'est ainsi que dans le vouloir du devoir il y a à la fois la pénibilité de la résistance aux inclinations naturelles du corps, qui est une difficulté proprement éthique, et le vertige du choix intelligible, c'est-à-dire la nue possibilité de faire autrement, qui est une difficulté paradoxale et une difficulté métaphysique. Voilà pourquoi la chose la plus coûteuse du monde — la résistance aux tentations, la décision du sacrifice — n'est difficile que par malentendu : la difficulté de vouloir à l'encontre du contre-vouloir est littéralement, au sens bergsonien, un pseudo-problème; et Bergson sur ce point rejoint Fénelon et saint François de Sales; il n'y a pas ici effort ardu et laborieusement discursif, mais il y a une initiative prévenante qui est, dans l'instant, conversion soudaine et gracieuse à la simplicité; l'extase de la décision et l'extase d'intuition sont toutes deux cette liquidation subite des difficultés, cette volatilisation miraculeuse de l'obstacle; l'obstacle disparaît magiquement ou *comme par enchantement*, l'obstacle sans doute n'avait jamais existé! Et pourtant si, il y avait quelque chose comme un obstacle : je ne sais quel empêchement impalpable et dérisoire proteste encore contre l'idée du conte de fées. A cet ennemi inexistant, Fénelon nous recommande d'opposer une âme parfaitement détendue, sans crispation ni raideur inutiles... L'intellectualisme, commençant par les facilités du concept inerte, de la rhétorique et de l'habitude, continuait, le long de l'intervalle, par la contention difficultueuse et compliquait à l'infini ses problèmes. Inversement, la décision et l'intuition commencent par la violence — cette violence que Bergson décrivait comme une torsion sur soi; et c'est après l'effort déchirant, purifiant, de l'initiative que tout devient simple et aisé; car, comme l'intellection, improvisant le schème dynamique, crée d'emblée la totalité du sens, ainsi la volition commence par l'instant de la plus coûteuse difficulté; tout ce qui en elle est intervalle est labeur facile; ce qui en elle est difficile est instant impalpable... A partir d'ici, la sagesse enfantine dont parle Tolstoï retrouve sa vérité profonde : il suffisait d'intervertir l'ordre intellectualiste et de rendre sa priorité à la décision prévenante; à partir d'ici, la douceur de Févronia redevient efficace et met en fuite les hordes tartares. Tout s'avère simple et merveilleusement aisé. Tel est le message tolstoïen de Rimski-Korsakov dans *la Ville invisible de Kitiège.*

Le même instant, qui est pour moi initiative violente, est par rapport aux autres décision inviolable. La violence métempirique du commencement, violence du premier pas, du premier *fiat*, du premier saut, cette violence est inviolable pour la violence physique qui prétendrait la forcer en la violant, en la violentant. Si la force empirique s'applique, pour le « forcer », sur un donné préexistant et résistant, le *mysterium magnum* de la nue décision est, rappelons-le, inspiration créatrice et instant explosif, c'est-à-dire expansion subite et démesurée d'un presque-rien extra-spatial. Quel adversaire pourrait détourner cette expansion, ou *a fortiori* l'empêcher ? On peut intimider une volonté pour qu'elle n'ose pas vouloir, pour qu'elle ignore son pouvoir autocratique de vouloir et sa puissance toute-puissante. Certes on peut décourager un menteur en sorte qu'il méconnaisse sa liberté discrétionnaire et son pouvoir redoutable de mentir impunément, son pouvoir omnipotent, illimité de manier les signes incognito. Mais le mensonge est une arme dans ce rapport de forces qu'on appelle belligérance, et on peut dissuader un des belligérants d'utiliser cette arme. La liberté de vouloir, elle, n'est pas une arme de guerre fabriquée dans les arsenaux. On peut d'autre part (à condition d'être assez convaincant) persuader une volonté de ne pas vouloir, lui demander de bien vouloir ne pas vouloir, la supplier bien humblement pour qu'elle consente à ne pas user de son infini pouvoir de vouloir, et obtenir ainsi la faveur gracieuse de son abstention ou de sa « nolition ». Pour l'amour de Dieu, veuillez bien, s'il vous plaît, ne pas vouloir! Mais dans les deux cas on aborde la volonté à travers le corps qui l'incarne : torture ou flatterie — il s'agit ici et là de stratégie indirecte et de ruse... La liberté de l'autre n'est pas attaquée de front, mais abordée de biais, et c'est l'art de plaire ou d'effrayer qui supplée à l'épreuve de force! Ensuite on peut, quand la première décision, une fois décidée, sera entrée dans les voies de l'exécution et de la continuation, en ralentir ou en freiner les conséquences; on ne peut contrecarrer la décision, qui est en notre absolu pouvoir, mais on peut contrarier physiquement son application physique, dévier et infléchir le déroulement empirique des actes : car on comprend que, dans l'intervalle, la force soit coextensive à l'effort et la contre-violence à la violence. Sur le *fiat* immatériel et infinitésimal, au contraire, sur le *fiat* sans volume et non localisable dans l'espace, nous cherchons en vain des prises qui nous permettraient de le refouler. Dans l'instant sans durée nous cherchons en vain l'intervalle qui nous donnerait le temps de contre-attaquer : le délai nous manque autant que les prises! Avant même que nos représailles éclair aient pu commencer, la décision est déjà décidée, le *fiat* déjà prononcé... Qu'y a-t-il de plus bref et de plus fulgurant que l'instant ? Comme on arrive toujours après le point du présent et comme la connaissance, privée d'intuition, est toujours en retard sur le fait en train de se faire, ainsi l'intervention violente retarde toujours sur la décision qu'elle prétend réprimer : la connaissance rétrospective ne peut plus comprendre un événement qui la prévient, la violence rétroactive ne peut mordre sur une décision instantanée et plus rapide que toute agression. Comment la lourde violence serait-elle contemporaine de ce qui n'occupe aucun temps, fût-ce le plus court? Impuissance et mécompréhension — voilà donc la double rançon de cette double lenteur. L'idée stoïcienne d'une acropole inexpugnable, d'une imprenable et invincible cidatelle du libre choix retrouve ici un sens assez plausible. Aucune volonté ne peut être forcée par la force, aucun assentiment ne peut être extorqué par torture : Épictète et Marc Aurèle ont raison[1]; non pas parce que la volonté

1. Voici quelques mots stoïciens pour cet indestructible : ἀναναγκαστος, ἀπαραπόδιστος, ἀνίκητος, ἀήττητος, ἀκώλυτος, ἀκαταμάχητος...

serait une forteresse ou une place forte physiquement plus forte que la violence offensive, mais parce qu'en général la liberté est un tout-autre-ordre radicalement soustrait aux entreprises empiriques qui auraient pour but de la connaître ou de l'empêcher; le donjon de ce château fort, si château fort il y a, se perd dans les nuages d'un ciel inaccessible. Ainsi la violence peut tout contre l'exécution et rien contre la décision : la violence ne sait que démanteler ou désagréger les agrégats volumineux dans l'espace, peut nous forcer à faire ou nous empêcher de faire (si faire est *continuer* de faire), comme l'art d'agréer peut nous forcer à croire en nous influençant, mais elle ne peut forcer ni à vouloir celui qui ne veut absolument pas, ni à « dévouloir » celui qui veut passionnément; il faut qu'il y consente lui-même, ou en d'autres termes : il faut derechef qu'il le veuille! Il faut qu'il veuille vouloir... N'est-ce pas répondre à la question par la question et supposer le problème résolu pour le résoudre ? On a beau faire, on ne peut pas échapper à ce cercle obsédant du *Volo*, à ce *Je veux* qui est à la fois le premier et le dernier mot et qui commence toujours par la fin et finit sur cette initiative même! Il faut que l'entêté accepte lui-même et spontanément de passer par l'instance prévenante et suffisante du *Volo*, en d'autres termes : il faut que le touche la grâce d'une conversion... Directement on ne peut pas plus forcer une volonté à décider qu'on ne peut forcer à aimer celui qui n'aime pas : il y faut un pouvoir surnaturel; du moins faut-il (et ce consentement est irremplaçable) en avoir déjà envie : il faut que celui qu'on force ait lui-même envie d'être forcé; car pour aimer il faut déjà aimer — ou ce qui revient au même : c'est en aimant qu'on devient amant! Nous sommes par rapport à cette spontanéité intime comme un autocrate tout-puissant, et si misérablement impuissant, qui voudrait être aimé : il a droit de vie et de mort sur ses sujets, mais il en est réduit à mendier ce que personne au monde ne peut extorquer à personne, l'amour spontané, l'adhésion du cœur. En définitive, ce n'est pas seulement le zèle d'amour qui est fort comme la mort et inflexible comme l'enfer : c'est encore ce branle très secret de la première résolution, duquel l'homme est plus souverainement maître qu'il n'est maître de son corps ou maître des mots pour mentir. Car qu'est-ce que ce pouvoir de mentir impunément, à volonté, à l'infini, pouvoir essentiellement déjouable, auprès de l'invincible pouvoir de vouloir ? Le mensonge ressortit à la clandestinité honteuse de la conscience, laquelle est un pouvoir de dédoublement inégalement agile selon les hommes, au lieu que le pouvoir de vouloir est littéralement uniforme et toujours parfait chez tous. Alors même que leur complexion physiologique inégaliserait en fait les individus et ferait de la résistance aux tentations une entreprise plus ou moins difficile et méritoire, le libre vouloir vouloir, comme pouvoir métempirique, serait encore pour tous les hommes le plus grand qu'il est possible. On comprend d'abord que ce superlatif de la puissance autocratique exclut, par opposition à la croyance, les degrés du comparatif et les modalités circonstancielles de l'empirie vécue. Le *Credo* est au *Volo* comme la pointe largement émoussée de l'attardement temporel à la pointe suraiguë de l'instant : la croyance, qui implique l'adhésion ressentie ou pathique de notre être et le large contact de l'affectivité avec l'article de sa créance, qui se continue dans l'intervalle et, dans l'intervalle, s'imprègne de goût et de saveur, la croyance prête le flanc à toutes les influences, à toutes les entreprises de la persuasion et de la conversion. Avec l'*acumen* du Je-veux, au contraire, il n'est pas de contact continué, mais seulement une tangence instantanée... Le vouloir effleure l'intimité, loin d'adhérer à elle! Comment s'étonner si l'alternative aiguë du *Volo-Nolo* tranche avec des nuances modales du *Credo*, et si une velléité, c'est-à-dire une petite volonté pour faire semblant, est déjà une mauvaise volonté ? D'autre part, on comprend que cette toute-puissance, comme puissance au superlatif, représente pour l'impuissance du partenaire une impossibilité : l'impossible est ici le verso de l'omnipotence, omnipotence et impossibilité étant prises non dans un sens empirico-statistique, mais dans leur sens nécessitaire et absolu. Ce réduit impénétrable, inaliénable et inexterminable de la liberté, ce point incorruptible qu'on peut se représenter soit à la pointe ponctuelle de l'âme, soit au centre de nous-mêmes, et où le vaincu, même traqué, opprimé, humilié, réduit à presque rien, se retranche inexpugnablement, ce point infinitésimal du consentement ou du refus irréductible et absolu est plus petit que la chambre secrète où il se dissimule; ici la chambre forte est métaphysiquement inviolable parce qu'il est impossible, sous peine de non-sens, d'y pénétrer par effraction violente; caché dans cette chambre forte, le point de la réserve mentale et de la restriction cordiale ne désigne-t-il pas, en pleine ipséité, la volonté *ipsissima*, et non pas seulement le sanctuaire de la décision, mais au superlatif, le saint des saints et le saint de tous les saints ? La conscience libre « met à part » ce point initial de sa propre reconquête. Certes l'extrême vouloir n'est pas à proprement parler l'intimité d'un for intérieur, car il est plutôt à la cime de l'âme; il n'est pas tant extrême que suprême! Cette *scintilla voluntatis* n'est pas lumière éclairante et conscience vécue, mais elle est instant moteur et, comme l'inspiration, grâce transcendante : c'est l'étincelle qui déclenche ou amorce un processus; il arrive même (la liberté étant à la fois immanente et transcendante à l'homme libre) que notre propre décision nous échappe et arrive furtivement comme le souffle de Dieu, et précède la délibération qui est censée la mûrir... Ce point du libre consentement et de la muette protestation est plutôt force intime que for intime ou confidence! La volonté qui peut vouloir à l'infini *est* puissance plutôt qu'elle n'*a* « de la puissance »; à proprement parler elle ne « peut » pas, mais elle est toute-puissance; c'est son pouvoir lui-même qui est son être! L'*Esse* du vouloir est tout *Posse*. Mais, comme le vouloir est ce que la haine nihilisatrice et la méchanceté sadique ne peuvent anéantir et qui oppose à la violence son insaisissable, son inattingible ponctualité, on devine en lui la promesse d'une survie immortelle; la surnaturalité de notre être, comme elle éclate dans le sacrifice hyperbolique, éclate de même dans ce refus désespéré que la menace de la mort ne forcera pas.

Il est donc vrai à la fois que la liberté est équivoque et fuyante à l'infini; que la volonté de vouloir ne peut être nihilisée ni expulsée de son invincible retranchement. Ces deux marques contradictoires coïncident pour l'intuition dans la simplicité ponctuelle d'un presque-rien. D'un presque-rien qu'il n'y a pas d'inconvénient à appeler un je-ne-sais-quoi. La réflexion sur la liberté laisse apparaître cette complexité infinie des exposants de conscience qui est le vrai principe de l'imprévisibilité; mais, pour l'homme libre vivant de l'intérieur sa propre liberté, la complexité de conscience devient par effilement l'évanouissante simplicité du vouloir; ou, comme nous le disions ici même : le raffinement réflexif, dont la pédante finasserie n'est qu'une dégénérescence, fait place à la finesse intuitive. C'est ainsi que l'*idea ideae*, quel que soit son exposant, se contracte chez Spinoza en une idée vraie qui coïncide avec la certitude elle-même. *Nam ut sciam me scire*, *necessario debeo prius scire*[1] : celui qui sait sait par là même *(eo ipso)* et sans acte exprès qu'il le sait, et il sait en même temps *(simul)* et non discursivement le savoir de ce savoir; en sorte que le bon sens lui-même rétablit ici l'intention directe de la chose sue. Cette simplification, qui est la bienvenue dans l'ordre gnostique de la conscience, ne s'impose-t-elle pas encore bien plus dans l'ordre drastique du courage ? L'atomisme déterministe qui décompose la volition en motifs et l'atomisme indifférentiste qui nous propose une régression indéfinie de vouloir en vouloir vouloir fuient l'un et l'autre toute responsabilité efficace, tout engagement sérieux : la volition devenue fibreuse se dédouble, se démultiplie, se fendille. Or, le vouloir simple et sain a la vie dure : l'incorruptible vouloir régénère en dépit des arguties. « Et pourtant il marche! » proteste en montrant Achille ce bon sens qui est aussi la mauvaise conscience de la finasserie mégarico-éléatique. Achille est le bon coureur sans complexes qui se joue de nos apories. Henri Bremond dit qu'on ne demande pas à la marche le secret du vol[2]. Mais on ne demande pas non plus à l'immobilité le secret de la marche. L'oiseau n'est pas un docteur ès sciences qui puisse expliquer pour ses confrères le secret du vol. Pendant qu'on discute sur son cas, l'hirondelle, sans autres explications, s'envole devant les docteurs ébahis... Du premier coup elle a trouvé la solution sans l'avoir cherchée! Et de même il n'y a pas de volonté savante qui puisse expliquer à l'Académie le mécanisme de la décision : mais en moins de temps qu'il n'en faut pour dire le monosyllabe *Fiat*, l'oiseau Volonté a déjà accompli le saut périlleux, le pas aventureux, le vol héroïque du vouloir; la volonté, quittant le ferme appui de l'être, s'est déjà élancée dans le vide. Après tout, est-ce que je veux ? Et qu'est-ce que je veux ? La conscience intimidée par la tête de Méduse de la dialectique réductionniste se posait mille questions. Mais ces questions prouvent que la conscience médusée ne veut plus, sinon elle ne se demanderait rien. Gagnée à l'adiaphorie et à la frivolité pointilliste, la conscience avait momentanément perdu l'évidence de la volonté passionnée : or, l'évidence lui fait retour dans un éclair instantané d'entrevision; une évidence vraiment univoque et sans marques extrin-

1. *De intellectus emendatione*, Stuttgart, 1830, p. 501 (Gfrœrer). *Eth.*, II, 21 sc.
2. *Prière et Poésie*, p. 8, 80-81.

sèques, et telle en un mot, comme eût dit peut-être Spinoza, que le soupçon même d'un soupçon et le doute même d'un doute sont exclus par avance, *ut omne tollatur dubium*. Spinoza dit encore : la méthode n'est pas l'art rétrospectif d'établir le signe de la vérité après l'acquisition des idées *(post acquisitionem idearum)*, mais elle est la voie elle-même *(via)* par laquelle la vérité se cherche. Ce que Spinoza n'aura pas dit, c'est que telle est encore bien davantage la droite méthode d'une volonté innocente. *Vera methodus et recta via.* Cette simplicité d'un pur vouloir qui survit, indestructible, à l'entortillement de la réflexion explique sans doute le caractère stationnaire des discours sur la liberté. Car si les mille points du pointillisme favorisent le discours en paralysant l'action, rendent l'homme loquace et impotent, le point fascinant de la liberté, au contraire, immobilise le discours et mobilise la vie; le point-instant, le point-étincelle — *scintilla voluntatis* —, pétrifie à son tour la dialectique qui empêchait l'action et réanime la volonté en faisant taire les scrupules maniaques. Candelas, ou la conscience, exorcise le spectre de l'amour sorcier et prête l'oreille aux cloches du printemps. D'abord beaucoup à dire et rien à faire, ensuite une seule chose à dire et tout à faire, à tenter, à espérer; presque rien à exprimer, mais l'immensité d'un avenir à vouloir et le risque d'une passionnante aventure à courir. Le plus important en toute chose, dit le *Timée* à propos de la divine démiurgie, est de commencer par le commencement. Mais le commencement, dans la démiurgie humaine comme dans la divine, est aussi une terminaison : car la volonté est seule cause décisive et suffisante; car, lorsque la volonté y est, tout y est; car en ces sortes de choses l'alpha coïncide avec l'oméga. Commencez donc par la fin! Commencez, et, du même coup, terminez! Commencez par vous décider, ou mieux : veuillez vouloir! Après cela tout est dit, et ce qui s'ensuit appartient à l'histoire anecdotique... Le vouloir vouloir a brisé le cercle, prévenu l'intoxication paralysante. En définitive on peut vraiment tout ce qu'on veut, parce que, d'une volonté sérieuse et prosaïque, on ne veut que ce qu'on peut. Or on peut tout contre sa propre malveillance. On se garde de penser à quelque chose; mais contre une intention il n'y a pas à se garder, il n'y a qu'à ne pas vouloir, et pour cela à ne pas le vouloir; à ne pas consentir au consentement! Seule la bonne intention devance le virus filtrant de la tentation. Le problème de notre attitude devant le mal et le bien est aussi vite résolu que posé puisqu'il ne dépend que de nous. Ce qu'il faut faire pour vouloir ? Ici nous devons dire enfin ce mot de tout, ce premier dernier mot qui risque fort d'être à la fois un secret de Polichinelle et une vérité de La Palice — un secret de Polichinelle, parce que c'est le secret de tous-et-chacun, une vérité de La Palice, parce que c'est une obsédante tautologie, ce mot de tout qui désigne une très fine pointe et un centre impalpable, ce je-ne-sais-quoi autour duquel nous n'avons cessé de tourner et que nous retrouvons après bien des circuits : pour vouloir il n'est pas nécessaire d'être un athlète, il ne faut que le *vouloir*. *Mais il faut le vouloir*.

Tables

Table du volume 1
La Manière et l'Occasion

Table du volume 2
La Méconnaissance, le Malentendu

I. LA MÉCONNAISSANCE

Du même auteur

AUX MÊMES ÉDITIONS

PHILOSOPHIE

Le Je-ne-sais-quoi et le Presque-rien
1. La Manière et l'Occasion
« Points Essais » n° 128, 1981
2. La Méconnaissance, le Malentendu
« Points Essais » n° 134, 1981

Sources
Recueil
1984

L'Imprescriptible
Pardonner ? Dans l'honneur et la dignité
1986
et « Points Essais » n° 327, 1996

Le Paradoxe de la morale
« Points Essais » n° 203, 1989

Premières et dernières pages
(avant-propos, notes et bibliographies de Françoise Schwab)
1994

Cours de philosophie morale
Notes recueillies à l'Université libre de Bruxelles (1962-1963)
« Traces écrites », 2006

MUSIQUE

Ravel
1965
et « Solfèges », 1995

Alberniz, Séverac, Monpou et la Présence lointaine
1983

La Musique et l'Ineffable
1983

La Musique et les Heures
1988

NORMANDIE ROTO IMPRESSION S A S À LONRAI
DÉPÔT LÉGAL : FÉVRIER 1996. N° 9111-15 (2600265)
IMPRIMÉ EN FRANCE